Al Dr. Luis López Nieves y a todos los profesores de la Maestría en Creación Literaria con especialidad en Narrativa de la Universidad del Sagrado Corazón.

Éxodos

Antología de Vivir del Cuento

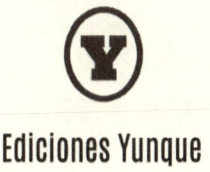

Ediciones Yunque

©Vivir del Cuento (septiembre, 2023)
©Ediciones Yunque
Luccia Reverón
Héctor Morales-Rosado

P.O. Box 4674
Carolina, Puerto Rico 00984

edicionesyunque@gmail.com

Éxodos: Primera edición

ISBN: 978-1-942989-69-1

Editores:
        Luccia Reverón
        Miranda Merced

Corrección:
        Luccia Reverón
        Miranda Merced
        Maricarmen Mulero
        Sandra Santana

Diseño de portada, diagramación y estilo:
        Zayra Taranto

Foto de autores:
        Juan R. Prieto

Impreso en Puerto Rico

Éxodos

Antología de Vivir del Cuento

El primer paso de las 600 millas:

Todo comenzó en el campus de la Universidad del Sagrado Corazón. Era una noche más oscura de lo normal, debido a fallas del alumbrado, cuando unos estudiantes de Creación Literaria, mientras esperaban entrar a una de sus clases, debatían sobre qué nombre le pondrían a un colectivo literario que planeaban formar. En aquella penumbra inusual, apenas podían verse las caras, solo se escuchaba una multiplicidad de nombres que todos sugerían a la vez y a viva voz. Transcurrieron varios minutos de un ejercicio que parecía estéril, entonces, como de la nada, se escuchó una misteriosa voz que sobresalió de las demás: ¡Vivir del Cuento! Todos callaron y en aquella oscuridad abyecta, unánimemente concurrieron que ese sería el nombre del colectivo. Más tarde se supo quién fue la culpable de aquella inspiración genial: Blancairis Miranda Merced. Al optar por permanecer en el anonimato, por breve tiempo, nuestra integrante del recién nacido colectivo, definió la que sería la esencia y misión del grupo: Luchar tenazmente por difundir la palabra escrita, permanecer unidos y alcanzar el éxito del colectivo. Esa noche, ninguno se imaginaría el viaje singular y casi legendario que estaba a punto de emprender.

El colectivo Vivir del Cuento se compuso originalmente por Juan Félix Algarín Carmona, Isamari Castrodad, Shara Lávender, Blancairis Miranda-Merced, Héctor Morales-Rosado, Luccia Reverón, Sandra Santana Segarra y Andrés O'Neill. Lo curioso es que estas mismas personas continúan formando parte del colectivo a pesar de haber transcurrido más de quince años de su creación. Un dato interesante fue la configuración del grupo; no parecían tener mucho en común: sus edades eran diversas y fluctuaban entre los veinticinco hasta los sesenta años, además, poseían una gama de profesiones disímiles, desde educadores, contadores, relacionistas públicos, un desarrollador de viviendas, administradores de empresas, periodistas y hasta un auditor operacional de programas de gobierno. Sin embargo, fueron esas diferencias las que más los unieron y contribuyeron a complementar, cultivar y desarrollar lo que más tenían en común: el amor por la palabra escrita.

La primera aventura del colectivo fue la publicación de una antología de cuentos titulada *Vivir del cuento*, editada por la editorial Terranova del Dr. Elidio Latorre Lagares, que también era uno de los profesores del grupo. Aquí los autores dan un salto a la incertidumbre. El único hilo conector entre los cuentos incluidos, en donde cada cual aportó un microcuento y dos cuentos largos, fue precisamente la diversidad de temas que reflejaban las personalidades y visiones de mundo de cada miembro del colectivo. Aunque el propósito fundamental de Vivir del Cuento había sido afianzar su compromiso literario como un ente cohesivo de propósito y temática, fue inevitable que el espíritu individual de cada autor se filtrara entre las páginas de aquella primera antología.

La osadía del colectivo de lanzarse al ruedo literario, uno altamente académico y muy competitivo, sin haber terminado la maestría en Creación Literaria, fue considerado por muchos un acto que rayaba en la imprudencia. Aún dentro del grupo surgieron miedos, inseguridades y conflictos; pero estos resultaron ser solo las emociones normales que, por lo regular, están presentes en las mentes creativas al desarrollar una buena historia. A pesar de las vicisitudes y augurios, no muy alentadores de algunos, provocados por la aparente irreverencia de estos neófitos de las letras al canon literario vigente, *Vivir del cuento, la antología*, fue acogida con beneplácito por la crítica literaria del país. No solo fue un éxito por la pulcritud de su narrativa fresca e innovadora, también fue un éxito económico al vender todas las copias de la antología. Vivir del Cuento había logrado lo que, hasta aquel momento, ningún otro colectivo de estudiantes de la maestría de Creación Literaria había intentado y menos alcanzado: abrirse un espacio respetable dentro del campo de la literatura en Puerto Rico y que, a la vez, fuera una pieza esencial en el comienzo de un nuevo "boom" literario, de lo que podemos llamar la Generación Sagradeña; esto por la proliferación de autores graduados de la Universidad del Sagrado Corazón y su innovador programa de maestría en Creación Literaria creado por el profesor, Dr. Luis López Nieves. Era evidente que los graduados de esa institución educativa dominaran el campo literario de Puerto Rico durante los primeros años del siglo XXI. Aún hoy, continúan como una fuerza literaria en el país.

Vivir del Cuento había llegado para quedarse.

Transcurrieron siete años antes de que el colectivo publicara una segunda antología: *Antología de lo extraño*. Es con esta propuesta literaria que el colectivo alcanza su mayor reconocimiento, al ser premiada por el Pen Club de Puerto Rico Internacional. Los cuentos, todos explorando lo sobrenatural, el terror o el misterio, fueron, sin que sus autores lo sospecharan, unos casi premonitorios; quizás un presagio de lo que sufriría la Isla en los años por venir. Al poco tiempo de que la *Antología de lo extraño* saliera a la luz, surgió en el país la tragedia del huracán María, los terremotos del sur de la Isla y la llegada de una pandemia mundial; un cuento de horror real y viviente para todos los puertorriqueños. Puerto Rico ha estado lidiando con muerte, destrucción, trastornos espirituales y sicológicos por mucho tiempo.

En la *Antología de lo extraño*, el colectivo cumplió con uno de sus propósitos fundamentales, la de incluir a otros escritores en sus propuestas literarias. Entre estos se encuentran figuras como: Emilio del Carril, Yolanda Arroyo Pizarro, Alberto Martínez-Márquez, Manuel Carrión y Mara Daisy Cruz. El prólogo fue genialmente escrito por la profesora, escritora, poeta y amiga, Lynette Mabel Pérez y en la edición participaron Miranda Merced y Luccia Reverón. Zayra Taranto y Lynette Mabel Pérez participarían como autoras invitadas en la tercera propuesta del Colectivo: *Éxodos*.

Durante el tiempo en que se publica la *Antología de lo extraño*,
los *Vividores* (como se conoce al colectivo en el mundo literario de
Puerto Rico) tuvieron, como grupo e individualmente, uno de sus
momentos más productivos hasta ese momento. Como colectivo,
se dieron a la tarea de difundir su amor por la palabra escrita. El
éxito de su primera antología provocó innumerables invitaciones
de escuelas públicas y privadas, organizaciones sin fines de lucro y
universidades, para que el grupo ofreciera a sus estudiantes varias
conferencias, charlas y talleres literarios. Además, individualmente,
a muchos de los miembros del colectivo se les invitó a participar en
distintos proyectos literarios. Fue en ese lapso que el grupo decidió
reunirse semanalmente, en un salón de la Universidad del Sagrado
Corazón, para planificar sus próximas aventuras literarias. Cada uno
de los integrantes de Vivir del Cuento tomó su propio vuelo, aunque
siempre se mantuvo estrechamente vinculado con el Colectivo. Ya
era una hermandad.

La razón de ser de Vivir del Cuento se había cumplido y
continuaría dando frutos.

EL COLECTIVO

Los Vividores:

Juan Félix Algarín Carmona se ha mantenido como un exitoso desarrollador de viviendas de índole social. A pesar de su cargada agenda profesional, siempre separa tiempo para escribir y participar en varios proyectos socio culturales y artísticos. Su primera obra como autor individual es un tratado sobre la filosofía espiritista de la cual es fiel creyente y un portavoz activo. Además, publicó uno de sus cuentos, *Mariposas negras,* en el formato de libro ilustrado.

Isamari Castrodad continúa alcanzando éxitos en su profesión como comunicadora y motivadora. En la actualidad dirige la plataforma de comunicación positiva "Más con Isamari Castrodad" que promueve temas de bienestar y calidad de vida. Como parte de sus proyectos, produce y modera programas de radio y televisión y un *podcast* con temas de motivación. Es autora de *Un Propósito,* un libro de reflexiones sobre fe y esperanza. Además, escribe columnas de opinión para la prensa y es creadora de los talleres de desarrollo personal *Guías con Propósito.*

Shara Lávender (el *nom de plume* de Sharra R. Fermín Lavender) es la maestra por excelencia. Sus discípulos de octavo grado fueron los primeros en recibir uno de los talleres literarios de Vivir del Cuento. La experiencia resultó ser una muy enriquecedora tanto para los jóvenes como para los *Vividores.* La alegría y el interés demostrado por los estudiantes en participar en un ejercicio creativo fue un acicate para que el colectivo continuara ofreciendo talleres a estudiantes en diversas etapas de su crecimiento estudiantil.

Shara siempre se ha mantenido muy apegada a la escritura. Aparte de ser maestra de español, también laboró como editora de libros juveniles. Se ha establecido permanentemente en los Estados Unidos de Norteamérica y, aún desde lejos, se mantiene en comunicación con el colectivo.

Miranda Merced (el *nom de plume* de Blanca Iris Miranda-Merced) fue la primera de los *Vividores* en publicar un libro de cuentos. *Almarios en alquiler* es un conjunto de hermosas y profundas vivencias. La autora ha participado en varias antologías de cuentos, ha obtenido un sinnúmero de premios y reconocimientos literarios. Miranda no solo es una escritora excepcional, editora y correctora de textos, sino que ha sido toda una inspiración para que otros alcancen sus sueños literarios. Ella presidió el colectivo durante el período en que se publicó la segunda antología: *Antología de lo extraño*.

Héctor Morales-Rosado es el *Vividor* mayor del grupo. Comienza a estudiar la maestría en Creación Literaria a los sesenta años, ya próximo a retirarse del gobierno, en donde ocupó varios puestos directivos y técnicos por treinta años. En una conversación con Juan Félix Algarín Carmona, le propone crear un colectivo literario, idea que de inmediato secunda Juan Félix. Ambos ponen manos a la obra para invitar a los futuros integrantes del colectivo, que a su vez eran compañeros de estudios, todos destacados por sus trabajos narrativos durante las sesiones de clases. Héctor lucha arduamente para concebir la primera antología y con la ayuda y el compromiso férreo de los integrantes, la antología nace, crece y se multiplica. Héctor ha participado en varias antologías de cuentos y formó parte de la directiva del PEN de Puerto Rico Internacional. Nunca ha cesado de escribir y crear. Insiste que pronto publicará su libro y que a pesar de sus setenta y cinco años, la edad no será un impedimento para publicar los cientos de cuentos que ha creado. Estaremos pendientes.

Andrés O'Neill continúa con su pasión automotriz. No solo se ha convertido en uno de los periodistas puertorriqueños expertos y reconocidos sobre la historia del automóvil, sino que además, ha producido varios programas de radio, televisión, *blogs* y artículos periodísticos relacionados con la historia de los vehículos de motor de todas las épocas, modelos y orígenes. Su sensibilidad de escritor lo ha llevado a adentrarse en el "espíritu" de los autos, especialmente en aquellos abandonados y que lucen en deterioro total. Andrés encuentra que esas máquinas, caídas y en desuso, son obras de arte exquisitas con una belleza oculta que solo unos pocos escogidos pueden apreciar. En todos sus reportajes escritos, entrevistas y monólogos de los medios de comunicación, Andrés se ocupa de imprimir, en su análisis automotriz, la calidad y percepción del gran escritor que es. Muchos esperamos el momento en que publique la novela en donde los autos sean los protagonistas principales. Veremos…

Luccia Reverón posee un doctorado en Filosofía y Letras, con especialidad en Historia de Puerto Rico y del Caribe. Se ha dedicado a editar, corregir manuscritos y ofrecer talleres de narrativa. Contribuyó activamente, junto a Miranda Merced y Zayra Taranto, en la corrección, edición y publicación de la *Antología de lo extraño*. Luccia publica su libro de cuentos *Los molinos de doña Elvira* que, por su estilo narrativo, rompe esquemas tradicionales y sirve de base para establecer la modalidad de su creación: la *Cuenvela*, obra compuesta por ocho cuentos individuales, pero con un mismo protagonista que, al leerlos en conjunto, se convierten en una novela corta. Luccia funda Ediciones Yunque y el Primer Certamen Internacional Literario de Cuenvela. El mismo tuvo una amplia representación de autores nacionales e internacionales y resultó ser un rotundo éxito. Entre Publicaciones Gaviota y Ediciones Yunque trabajan la primera *Antología de*

Cuenvelas: Liberaciones, que incluye los ganadores del certamen. Fue tesorera del PEN de Puerto Rico Internacional del 2021-2022 y vicepresidenta en el primer semestre del 2022-2023. Bajo Ediciones Yunque trabaja la actual antología del colectivo Vivir del Cuento: *Éxodos*.

Sandra Santana ha resultado ser un dínamo incansable de producción. No solo mantuvo por muchos años un programa radial como portavoz de la clase obrera y las uniones laborales de la Isla, sino que, además, se ha destacado como cuentista, novelista, poeta, activista de derechos de la mujer y de la igualdad racial, entre otros temas de justicia humana y social. Fue presidenta del PEN de Puerto Rico Internacional del 2016 al 2019; en el 2020, fue electa nuevamente y reelecta en el 2021, hasta febrero de 2022.

Durante su incumbencia, hizo una labor extraordinaria para difundir, avanzar y defender la libertad de expresión literaria de los escritores, no solo de Puerto Rico, sino también de aquellos países latinoamericanos y europeos, en donde la libertad de expresarse libremente, a través de la palabra escrita, ha sido coartada. Sus luchas han sido reconocidas mundialmente por el PEN Club Internacional y otras organizaciones de escritores alrededor del mundo. Sandra publicó su primera novela, *La fábrica de botones*, que fue una de las novelas más vendidas en la Isla en el año de su publicación, además, fue premiada por el PEN de Puerto Rico Internacional.

ÉXODOS, LA NUEVA PROPUESTA

Presentar *Éxodos* requería recorrer el trasfondo vivencial y literario de sus integrantes. Es de vital importancia destacar el compromiso inalterable del colectivo con la psiquis y las vertientes socio culturales del pueblo. La migración es uno de los temas que, desde mediados del siglo XX, siempre ha estado presente y calado en el quehacer del pueblo puertorriqueño. Por lo tanto, era de esperarse que los autores del colectivo Vivir del Cuento exploraran sus efectos. Particularmente, en estos momentos de nuestra historia, la fuga de nuestra población vuelve a tomar vigencia. Sin embargo, algunos de los *Vividores* decidieron incursionar en otro tipo de migración, como lo es la idea de la transmigración de las almas a través del tiempo o de la angustia del individuo que, sin proponérselo, vaga hacia lugares recónditos de la mente cuando fracasa en el amor; las separaciones amorosas también son una manera de partir. En *Éxodos*, los autores develan la aflicción, el dolor y el desconsuelo de las distintas maneras de partir del individuo, físicas o espirituales, y los efectos, sublimes o devastadores, que estas generan.

Juan Félix Algarín Carmona tiene la propensión narrativa de llevar al lector a las entrañas de su tierra natal, Puerto Rico, para destacar la fuerza, el carácter y la nobleza particular del individuo típico de tierra adentro. En esta ocasión, en su cuento *Buscando guayaba*, nos sorprende al desligarse de su adorada Isla del Encanto para dramatizar, con una fibra sentimental extraordinaria y profunda, las luchas y vicisitudes de un inmigrante guatemalteco y su hijo. El protagonista, también es un campesino con las mismas características del trabajador latinoamericano, que abre los surcos del terruño, pero que sus esfuerzos, casi titánicos, no son suficientes para satisfacer las necesidades más básicas. Emigra ilegalmente con su pequeño niño a Chicago y ambos se ven obligados a vivir escondidos en un sótano frío, en condiciones infrahumanas y con escasas posibilidades de sobrevivir. Nos sobrecoge la narración de Juan Félix Algarín Carmona, por la manera sublime en que pormenoriza el sufrimiento de ese hombre inmigrante y el del amor incondicional por su hijo. La narración nos hace sentir el mismo temor intenso de ese hombre, al pensar que, en cualquier momento pudiera ser atrapado y deportado, mientras su hijo, Miguelito, sería una víctima de la práctica inhumana de enjaular a los niños hijos de los inmigrantes ilegales deportados. El autor nos presenta al desnudo ese acto cruel, que podría ocurrir en cualquier país, pero que resulta más insólito cuando sucede en una nación que se ufana de ser bastión de la democracia y los derechos humanos.

El cuento, más allá de la denuncia, es un proceso catártico que lleva al lector a sufrir las penurias y el escarnio de ese inmigrante agrícola, que vive escondido pasando por miserias despiadadas. Aún dentro de su sufrimiento insondable, el protagonista alberga la esperanza, que es más una resignación, de que cualquier suerte de vida en el extranjero sería mejor de la que llevaría en su país. En *Buscando guayaba,* el autor retoma un arte que, en las últimas décadas, ha sido relegado por nuestro canon literario: el de escribir sobre nuestras raíces, de la nobleza sinigual del campesino y de su patética realidad.

En el cuento *Álbum de familia,* Isamari Castrodad nos narra el dolor del que regresa, aunque sea por un momento, y se enfrenta con la tétrica realidad de un mundo repleto de hermosas nostalgias, pero que ya no existe. No conocemos su nombre, pero es una mujer, que pudiera ser ya envejecida o quizás, relativamente joven, que regresa para visitar la casa de la finca en donde nació y creció. Desde que comienza a explorar el lugar que le alberga recuerdos de una niñez feliz, vemos a la protagonista observar, con desasosiego e incredulidad, el franco deterioro de su antiguo hogar. Sentimos la nerviosidad de la mujer y en cierta manera, su resistencia a una realidad lastimosa. Sin embargo, los hermosos recuerdos, que se mantienen vivos en su psiquis, le dan una esperanza, irrazonable, de que el entorno actual volverá a ser como cuando era una niña. La mujer, en total negación, lucha por aceptar que ese pasado se esfumó para siempre. La autora logra, con un manejo excepcional de imágenes visuales, crear en el lector la sensación de estar viendo una cinta de Fellini. En este cuento, Isamari proyecta, indiscutiblemente, su madurez y dominio como narradora.

Shara Lávender nos regala un avance de *Sufia: inefable éxodo de la carne*, presentándonos un fragmento de su novela inédita. Hábilmente, Shara logra resumir en tres partes la esencia del contenido de su obra. Vemos aquí las vicisitudes de una militar puertorriqueña destacada en Somalia, conociendo y adaptándose a un nuevo medioambiente hostil, colmado de diferencias culturales y sociales. Shara, básicamente, para los propósitos cuentísticos de la antología, divide su novela en tres fragmentos, la primera parte describe con un detalle singular, el impacto que la protagonista siente a su llegada al país. El lector sentirá en carne propia los efectos visuales, olfativos y viscerales que la autora utiliza de manera magistral en su narración y nos prepara para una aventura personal aterradora. En la segunda parte, la autora coloca a nuestra protagonista en un escenario, donde se integra parcialmente a la comunidad somalí en circunstancias de mujer secuestrada. La vemos cómo ella acoge su precaria situación con aceptación y en ocasiones hasta de manera positiva. El lector, al no conocer otros detalles de la historia, podrá especular que, al ella verse obligada a adaptarse a las costumbres y a la religión de sus captores, los esté viendo desde una óptica distinta. Además, percibimos que quizás se haya enamorado de uno de sus captores, probablemente uno que le ha mostrado bondad. El largo proceso del cautiverio de la protagonista hace recordar al lector, el fenómeno paradójico en el cual la víctima desarrolla un vínculo positivo hacia su captor, como respuesta al trauma del cautiverio que conocemos como el síndrome de Estocolmo.

En la tercera sección de la novela fragmentada, aparentemente las circunstancias de la protagonista han cambiado hacia lo peor y su mayor deseo es escapar, volver a su país. Sin embargo, una serie de sucesos desgraciados, incluyendo la de los supuestos aliados, son los mayores obstáculos para su liberación. Es aquí que ella conoce la traición, el asalto sexual y hechos de extrema violencia. Esta narración es la embocadura perfecta que moverá al lector a conocer más de la precaria vida de esta mujer puertorriqueña atrapada en tierras inhóspitas y lejanas. Guardamos la esperanza de que Shara Lávender nos obsequie con publicar *Sufia: inefable éxodo de la carne*, y así poder deleitarnos con el suculento manjar de leer la obra en su totalidad.

A través de los años, Miranda Merced se ha distinguido por sus narraciones que exponen las injusticias y vicisitudes de los menos agraciados, especialmente, los abusos contra la mujer. El cuento *Mentiras blancas* supera todos sus esfuerzos narrativos anteriores, a pesar de que estos poseen una calidad cuentística excelsa. En esta historia, Miranda logra establecer con éxito algunos elementos de la escatología literaria y los utiliza como acicate para denunciar la desigualdad social de una manera contundente. Si bien es cierto que, por lo general, la escatología literaria se asocia con el subgénero de la comedia de humor macabro o sexual, en este caso, Miranda Merced magistralmente transforma el elemento de humor en un actor villanesco, que no es solo la fetidez que permea en el ambiente, sino que es parte del desgraciado dolor de la mujer víctima. Aquí, la narradora se encuentra aislada en un retrete de un baño público, cuando de pronto se percata de que otra mujer entra al lugar conversando por teléfono. En ese momento, la narradora, siente una pestilencia nauseabunda que le inunda los sentidos. Aunque inhabilitada de ver, por estar confinada en su excusado, logra escuchar el diálogo telefónico entre la mujer y su hija. Ella le está prometiendo a la niña que pronto volverán a vivir juntas, aunque primero tendría que hacerle unos arreglos a la casa. Los eventos que suceden posteriormente podrían calificarse como tremebundos por su impacto descomunal que, a la vez, provocan una angustia desconcertante en el lector. *Mentiras blancas*, sin duda, nos trae a la memoria el cuento corto *La carta* de José Luis González, aunque, según mi punto de vista, el cuento de Miranda Merced resulta ser más tajante por la forma en que expone la crudeza descarnada, sin sutilezas ni miramientos, de un sector rezagado de la sociedad de nuestros tiempos.

La admiración de Héctor Morales-Rosado por la obra del laureado escritor puertorriqueño, Pedro Juan Soto, específicamente en el libro de cuentos *Spiks*, que narra historias cortas de los conflictos y la vida álgida del puertorriqueño en Nueva York, le inspiró a crear el cuento *El abusador*. Aquí, Héctor rememora la década de los años cincuenta del siglo pasado, un periodo de nuestra historia cuando el llamado jíbaro, ese hombre humilde y noble que cultiva la tierra, parte a Nueva York en búsqueda de una vida mejor. El protagonista solo quiere trabajar para mantener a su numerosa familia, que aún vive con grandes dificultades en el barrio Montoso de Maricao. Quizás, hasta en un futuro lejano, llevársela del campo para disfrutar la promesa del sueño norteamericano. Vemos a Agapito, casi recién llegado de la Isla, caminando solo y pensativo por las calles de Nueva York. Friolento, decide entrar en una barra al ver, a través de la vitrina, a alguien que le pareció ser un compatriota. Su decisión desata una serie de eventos que incluye el racismo, el abuso, el discrimen, la traición y la muerte. El cuento es violento porque así era el medioambiente del inmigrante puertorriqueño durante esa época. También, es reactivo a esa violencia injusta y, desde una óptica de justicia rústica, intenta nivelar el plano vivencial.

De los tres cuentos incluidos por Andrés O'Neill, el que capturó mi atención fue *El Mackinac*. Aquí se destacan unas características particulares de la obra del autor, una especie de *leitmotiv*: los autos y lo sobrenatural. En este cuento, el puente Mackinac, en el extremo norte de Michigan, se convierte en el objeto deseado por un joven ingeniero puertorriqueño quien, además, es el personaje principal y narrador del cuento. Conocemos a este joven, recién graduado de ingeniería, que es seleccionado para empleo por una compañía automotriz norteamericana. El protagonista opta por emigrar a un estado del norte de los Estados Unidos de Norteamérica. Andrés, con un estilo narrativo que rememora el fluir de conciencia, narra la llegada del personaje principal a Detroit, las relaciones con sus compañeros de trabajo, el apego a la familia que deja en Puerto Rico, los gustos musicales y hasta nos relata sus deberes técnicos en el trabajo. La narración descriptiva es tan específica que logra redondear a este personaje de una manera exquisita. El autor nos describe en detalle la vida de un tipo de emigrante poco convencional con unas motivaciones y características particulares. El segundo personaje que nos introduce es a un automóvil: un Matador de la AMC, que a pesar de ser un modelo viejo y algo abatido, es el compañero y cómplice de las aventuras de nuestro protagonista. Claro, ya sabemos que su obsesión es llegar a conocer el puente Mackinac, una obra maestra de ingeniería que data de los años cincuenta. El final del cuento, como nos tiene acostumbrado Andrés O'Neill, es uno impactante y sorprendente que lo convierte en una obra singular.

Luccia Reverón posee una habilidad narrativa para contar sucesos y conflictos cotidianos de una manera sencilla, fluida y efectiva. Su prosa y el manejo de la narración es sublime, pero a la vez contundente. En *Viernes de liberación* el lector es capturado por el estilo breve y conciso de la autora que logra con éxito adentrarnos en la situación de Dan, un joven peluquero que es el protagonista de la historia. Este se siente abacorado por una serie de circunstancias fuera de su control, entre estas: el divorcio sorpresivo de sus padres del que siente cierta culpabilidad, la homofobia y el rechazo de su padre y, además, más recientemente, la infidelidad de su compañero. A esto se le suma el deterioro anímico de la sociedad actual de la Isla, tras haber pasado por un huracán devastador. El cúmulo de todas esas vicisitudes vivenciales de Dan lo inducen a emigrar, aunque no sin antes lograr su liberación espiritual y física. Luccia Reverón, utilizando la audaz técnica narrativa del diálogo indirecto, describe con avasalladora precisión, el conflicto interno individual que, para otros escritores, les tomaría muchas cuartillas de papel. *Viernes de liberación* es una joya de cuento con una brillantez singular y única.

Sandra Santana, como parte de la propuesta literaria en *Éxodos*, nos obsequia con un cuento que toca el tema migratorio desde un punto focal divergente: la transmigración. En el cuento *La maldición*, conocemos a Julia, la hija del emperador romano Augusto, quien desafía a su padre al sostener una relación ilícita y escandalosa. Su tenacidad férrea por ser quien es y poder amar libremente le cuesta el destierro del imperio. Siglos después, el lector se encuentra con la misma Julia, en otro cuerpo, aunque mantiene una conexión inconsciente con su otro yo del pasado. Esta vez, la vemos en el mundo moderno, nuevamente involucrada en una relación no aceptada por la sociedad. Sandra, con un hábil manejo del tiempo, el espacio y la retrospección, nos guía a través de un inolvidable viaje virtual de pasión, sensualidad, castigo y de lo irremediable del destino, pero a la vez, reafirmando la importancia de la libertad individual.

Autoras invitadas: Zayra Taranto y Lynette Mabel Pérez

Vivir del Cuento invitó a dos amigas escritoras para formar parte de su nueva producción literaria. En esta ocasión nos honra contar con Zayra Taranto y Lynette Mabel Pérez.

Zayra se ha dedicado, por varios años y con mucho éxito, a la edición literaria a través de su propia editorial, Trabalis Editores. Ha editado un sinnúmero de obras de escritores reconocidos y gran cantidad de poemarios.

Lynette, que es profesora de literatura, se considera una poeta irremediable. Se distingue por su estilo henchido de un erotismo clásico y la fuerza incontenible de sus versos irreverentes.

Las invitadas deciden irrumpir con una determinación tenaz en el modo del cuento; ambas nos cautivan por su destreza y soltura en esta modalidad.

En *Perder el cuerpo*, Zayra crea varios personajes emigrantes, todos profesionales competentes, y desarrolla una acción compleja y siniestra. La autora logra romper con los esquemas de la cuentística tradicional, al presentarnos una obra con grandes interrogantes éticos, técnicos, médicos y legales, enmarcados en una narración colmada de suspenso e intriga. La habilidad analítica de editora, como lo es Zayra Taranto, hace efectiva la interacción de varios personajes inmersos en conflictos laberínticos. Auguramos que *Perder el cuerpo* es solo la embocadura para lo que pudiera convertirse en una interesante novela.

Lynette Mabel Pérez tiene una trayectoria poética literaria muy prolífica. En su microcuento *El banco*, logra afligir el alma del lector cuando relata, en primera persona, las vicisitudes de una joven inmigrante abusada por su patrón. La autora, con su estilo lírico, nos hace partícipes de cada detalle de las esperanzas, la angustia, el dolor físico y la rabia de la protagonista, hasta llevarnos a una conclusión impactante que nos resultará desoladora, pero que a la vez, comprendemos y aceptamos. La contribución literaria de Lynette Mabel Pérez, en esta nueva propuesta antológica de Vivir del Cuento, la establece como una cuentista a la par con su exquisita naturaleza de poeta excepcional.

En conclusión, la nueva propuesta antológica de Vivir del Cuento, *Éxodos*, ratifica la posición importante del colectivo en la literatura puertorriqueña del siglo XXI. El amor, esmero y respeto, con el que los *Vividores* han tratado la palabra escrita, en todas sus obras, ha sido una constante desde el inicio de su trayectoria. La unión del grupo se fortalece más, cada vez que crean un proyecto nuevo, el colectivo se encuentra en ruta hacia su punto más alto. Esto nos induce a pensar que el camino no ha concluido, por el contrario, tal vez, apenas comienza...

Héctor Morales-Rosado

Juan Félix Algarín Carmona

EMIGRANTE

Acababa de escuchar a su nieta menor, la querendona, decirle entre sollozos:

—Abu, *I love you*.

La niña entró en un mar de llanto que no pudo controlar. Ramiro le pasó el teléfono a Goyita, su esposa.

—Habla tú con ella. Yo no puedo.

Goyita trató de consolarla.

—No te apures, mamita. No llores. Este follón no le durará a tu abuelo más de dos meses...

Ramiro salió de la casa, caminó hasta una enorme piedra contigua —de esas que parecen huevos negros de dinosaurio— se sentó, sacó un cigarro y lo encendió. La primera bocanada de humo formó siluetas amorfas que danzaban en el aire. Sintió el pecho apretado. ¿Tendría la presión arterial alta? No era para menos, pensó. Llevaba un par de días de regreso a su patria, y aquel que fue su sueño anhelado por cinco décadas, ahora le parecía una pesadilla. Nada estaba saliendo como lo esperaba.

Una brisa suave, tierna, hacía que cada exhalación de humo formara figuras animadas frente a él, hologramas luminosos que pronto se convertían en sombras grotescas que amenazaban con enviarlo al destierro y al olvido. Como si en una tarde de domingo, en el Wrigley Field, la batería de lanzadores de los *Cubs* de Chicago se los lanzase uno a uno, una caravana de recuerdos le golpeó el rostro.

El primero fue el de Goyita pronunciando aquellas duras palabras:

—Yo no vuelvo a Puerto Rico ni muerta. Si me muero que me entierren aquí.

Ramiro, que buscaba excusas tratando de responsabilizar a otros por la forma como se sentía, tal como si hubiese tenido una iluminación celeste, creyó comprender lo que había ocurrido.

—Esta condená vieja me hizo mal de ojo.

Mas no le asaltó la ira. Le asaltó una profunda nostalgia. Recordó que era ella la que no quería irse para Chicago cuando aún eran jóvenes. Y comprendió que no fue él quien la convenció de que se marcharan cincuenta años atrás; fueron el hambre, las penurias, la escasez de todo, hasta de esperanza.

Llegaron a la ciudad de los vientos con todas sus pertenencias en dos cajas de cartón, una amarrada con cabuya y la otra con tiras de trapo. Las próximas cinco décadas se resumen en una palabra: trabajar. Ella en un taller de costura y él en los hornos infernales de la industria del acero.

Por años, Ramiro ahorró cada centavo que pudo. Se propuso, y logró, comprar la finca donde sus padres y él vivieron como peones agregados. En sus sueños distantes, más por el tiempo que por la lejanía, la recordaba como una hacienda enorme, exuberante y pródiga en fertilidad, mas ahora que regresó, le parecía pequeña y estéril. Lo mismo le ocurría con la casa.

Cuando Bennie, su amigo de la infancia, decidió regresar, hicieron un pacto de hermanos:

—Compadre, yo me voy pa' Puerto Rico y voy a construir mi casita en el barrio. Ahora es su oportunidad. Envíeme dinero todos los meses y hacemos la suya y la mía a la vez. Así nos saldrán más baratas.

Goyita, como siempre, le advirtió.

—Cuidado, Ramiro. El verdadero nombre de Bennie es Venancio, como su padre y, al igual que al viejo, también le gusta lo ajeno.

—¡Goyita, por Dios, respeta la memoria de los muertos!

—Muerto está y lo saben él y Dios.

Don Venancio era dueño del colmado del barrio. Gracias a que le vendía a crédito los víveres a los campesinos, muchos lograban lidiar con la escasez y la hambruna, y aunque sabido era de todos que las cuentas se inflaban, no tenían alternativa.

—Cuidado, Ramiro, que Bennie te va a hacer una trastada.

Las palabras de Goyita retumbaron en su cabeza, cuando vio la casa por primera vez. Él la visualizaba como un palacete y lo que encontró fue una casita de muñeca. Hermosa. Pero muy pequeña.

—Te lo dije, que se veía pequeña en las fotos. Que vinieras acá. Pero como siempre, no me hiciste caso.

En realidad, Ramiro estaba próximo a jubilarse. Tenía tantas cosas pendientes que quería concluir para poder regresar a su tierra lo más pronto posible, que decidió confiar a Bennie esa empresa. Pensó que con las conversaciones telefónicas y las fotos que recibía era suficiente. Pero no fue así.

El primer problema lo tuvieron cuando llegó el camión con la mudanza. La totalidad de los muebles no cabía dentro de la casa. La gente de la compañía de mudanzas se tuvo que llevar lo que no cupo a un almacén, por el que le cobrarían una cuota diaria hasta que decidieran qué hacer con ellos.

—Yo los enviaría todos, ahora mismo, de vuelta a Chicago —sentenció Goyita.

La siguiente decepción fue percatarse de que el barrio ya no era lo que él pensaba; que de la gente que él conocía ya no quedaba casi nadie. Goyita se lo había advertido.

—Ramiro, toda esa gente se tiene que haber muerto. ¿Para qué tú vas para allá?

Luego de una larga caminata por el barrio, donde apenas conoció a nadie, se detuvo en el Colmado de don Venancio, que aún prevalecía. Añoraba encontrar la muchachada escuchando música en la vellonera, jugando dominó y billar. La primera sorpresa, al acercarse, fue percatarse que, lejos de aquella fachada rústica que él recordaba, el establecimiento tenía puertas y ventanas de cristal, acondicionador de aire, y un guardaespaldas en la entrada. La segunda fue notar que el establecimiento tenía un rótulo que anunciaba su venta. Al entrar, notó que aquello era un salón de juegos con decenas de máquinas de azar.

Un jovencito vestido con una camisilla negra, unos vaqueros super anchos amarrados a mitad de cadera, dejando al descubierto los calzoncillos cuadriculados, en zapatillas deportivas y con una gorra de pelotero puesta al revés, administraba el salón de juegos.

—Bennie es mi abuelo. Está viviendo en Orlando.

—Pero él vino de Chicago no hace mucho, con la idea de quedarse aquí.

—Eso dijo al principio, cuando vino. Y creo que así era, porque construyó una casota, una mansión. Pero, si lo conoce bien, ya usted sabe cómo es abuelo para los billetes. Le ofrecieron buen dinero por ella y la vendió. Está en Orlando. Me dejó a cargo de vender el negocio. Tan pronto lo venda, me voy yo también. Esto aquí no sirve.

La siguiente bocanada de humo casi se congeló en el aire. La brisa había cesado, se había detenido. Ramiro se sintió atrapado, empantanado entre recuerdos oxidados, sueños malogrados, esperanzas truncas que, como frutas aromáticas y sabrosas, ya pasadas de tiempo, comenzaban a oler a podrido. La voz de Goyita, que gritó desde dentro de la casa, lo sacó del ensimismamiento.

—¡Maldito sean los mosquitos, coño!

Por extraño que pareciera, aquella maldición lo transportó a uno de sus recuerdos más tiernos. Recordó a Sophia, su nieta mayor. La única de sus once nietos que hacía un esfuerzo por aprender español para comunicarse con él, ya que Ramiro entendía bastante bien el inglés, pero no lo hablaba, o más bien, no le gustaba hablarlo.

—Abu, iré a visitarte a Puerto Rico en la época del año que no haya mosquitos —le dijo en su español con acento gringo, cuando se despidió entre besos y lágrimas.

Los echó tanto de menos. Extrañó tanto a sus nietos, a sus hijos. Fue la primera vez que se asentó en su alma lo que era obvio, que la mayor parte de su vida la había vivido en Chicago. Que allá dejó lo que más amaba: la familia. Que allá también pertenecían los recuerdos de una vida tal como él decidió que la viviría. Que había regresado al lugar donde nació a buscar el Jardín del Edén del que algún día fue echado. Pero en lugar de encontrar en la puerta al Ángel, con una espada de fuego impidiéndole la entrada, encontró algo peor. Encontró que aquel Jardín, por lo menos tal como él lo recordaba o lo idealizó en su nostalgia, ya no existía o tal vez nunca existió.

Comprendió que en Chicago viviría añorando un Puerto Rico que ya no existe. También comprendió que en Puerto Rico viviría añorando la vida que dejó en Chicago, el amor y el compartir todos los días con sus hijos y nietos.

Con los ojos humedecidos, soltó otra bocanada de humo y susurró para sí mismo.

—Dos vías tiene el camino y en ambas, por siempre, seré un emigrante.

Y lo que es peor, se percató de que no pudo dejar de serlo ni aun regresando al lugar donde nació.

CENIZAS

Cuando mi hermana me llamó para decirme que papá había muerto, sentí que algo se rompió dentro de mí, tal como a un reloj al que se le rompe la cuerda. Pero no pude llorar. De hecho, nunca más he podido.

Lo primero que recordé fue su voz cada vez más débil, cada vez más temblorosa, preguntándome cuándo volvería, cuándo le llevaría los nietos para pasar un ratito con ellos. Pero aquí la vida es muy dura, muy complicada. Tengo dos trabajos y apenas me alcanza. No puedo darme el lujo de perder ninguno de los dos.

En ocasiones les hablé a mis supervisores sobre mi padre enfermo, de las penurias y la lucha de mi hermana cuidándolo sola. Pero estos gringos no creen ni en la paz de los sepulcros. Aquí no hay pena ni compasión. Aquí no vale el ¡Ay, bendito! Yo pensé que me dirían tómese unos días, los que necesite, hasta que su padre se mejore, pero no fue así. Un amigo guatemalteco me advirtió que me podían despedir por eso. Que ya lo habían hecho antes con otros. Te marcan como un eslabón débil de la cadena y te echan, te sustituyen de manera preventiva. Jamás me volví a quejar. Jamás hablé de mis problemas ni de mi vida privada en el trabajo.

Entonces me planteé la posibilidad de traérmelo unos días cuando saliera del hospital, pero ¿quién lo iba a atender si nosotros nunca estamos en la casa? Además, tuve miedo de que después que estuviera acá, mi hermana no quisiera recibirlo de nuevo.

La tarde que fuimos a su casa con el auto lleno de maletas y el alma llena de esperanza, para despedirnos, jamás pensé que sería la última vez que le vería. Desde entonces, cada vez que hablábamos por teléfono, me decía quiero verte. Y siempre le prometí que viajaría para verlo. Siempre pospuse el viaje. En navidades, le prometía que iría el próximo verano y en verano, que mejor sería vernos en navidades. Nunca regresé. Aun cuando estábamos tan cerca. Aun cuando el boleto de avión era tan accesible.

Cuando mi hermana me dio la noticia, percibí resentimiento en su voz. Se limitó a decir de la manera más seca:

—El viejo murió.

Hicimos un largo silencio. Ella rompió el hielo.

—Yo no puedo sola con los gastos— y como si leyera la lista de precios de la peluquería, desglosó el costo de los servicios fúnebres: con y sin velatorio, con entierro en panteón, en nicho...

Me quedé sin saber qué decir. Multitud de imágenes y recuerdos me asaltaron. Quise decirle que lo sentía mucho, que me perdonara por haberla dejado sola con la carga, que ella era mi heroína, que siempre le estaría agradecido. Pero solo se me ocurrió decirle:

—Crémalo y envíame las cenizas en verano, para que los nenes pasen tiempo con el abuelo.

Recibí un silencio incómodo por respuesta. Así terminó la llamada. No hemos vuelto a hablar desde entonces.

BUSCANDO GUAYABA

Quien enjaula un niño, enjaula la vida,
quien enjaula un niño, enjaula el amor,
quien enjaula un niño, enjaula el futuro,
quien enjaula un niño, enjaula a Dios.

Juan Félix Algarín Carmona

La vida en el rancho cada vez se me hacía más insoportable, pero lo que me quebró el espinazo fue la muerte de la Juana. Desde entonces, tengo un dolor encerrao aquí en el pecho, como si un perro me mordiera el corazón. Creo que me hubiese *ahorcao* si no fuera por Miguelito. A la desgracia de perder la madre al nacer, no le iba yo a añadir la de tener un padre cobarde. *¿Pa'* qué le iba a servir un padre muerto al chamaco?

Cuando cumplió tres años, el mismo día que la Juana cumplió tres años de muerta, lo envolví como un tamal y nos echamos a andar carretera abajo. No quería que creciera en aquel pueblo en el que no pasa nada; la tierra no produce, las vacas apenas paren, los jóvenes se mueren y los viejos son eternos.

Cruzamos desiertos a pie, ríos crecidos, nos asaltaron bandoleros, vi cómo violaban mujeres compañeras del camino. Muchas veces, Miguelito se acostó llorando porque le dolía la panza de tanta hambre. En un pueblo nos soltaron los perros y por poco uno me arranca al chamaco de los brazos. Si no fuera por los descalzos, por los que también saben lo que es acostarse sin comer, que en casi todos los pueblos que cruzamos nos dieron tortillas y abrigo, estoy seguro que nos hubiese *llevao* la pelona.

Ahora estamos aquí *encerraos* en un sótano en Chicago, temblando de frío y de miedo. Esto no es lo que yo esperaba. Aquí la vida también es muy dura, solo se vive *pa'* trabajar. Tengo dos chambas y trabajo dieciséis horas diarias. Así le puedo enviar unos pesos a los viejos, al rancho, pagar el cuarto y la comida y lo demás se lo chupan los abogados que me aseguran que algún día seremos ciudadanos, gente legal. Tengo miedo, mucho miedo. Se me está cayendo el pelo y tengo los dedos *trituraos* de tanto comerme las uñas. Oigo las sirenas de la policía a lo lejos y se me para el pulso, porque creo que es la migra que viene por nosotros.

Es que he visto en la tele niños enjaulados, llorando llenos de terror. Eran niños inmigrantes, hijos de gente ilegal como nosotros. Tenían hambre, frío y llamaban a sus mamás a gritos.

¿Cómo llamar al que les quita un niño a sus padres *pa'* enjaularlo como si fuera un perro?

De solo imaginarme que sea mi Miguelito, se me revuelcan las tripas. En verdad desearía que se hubiera muerto con la Juana, antes de tener que vivir una cosa como esta.

Isamari Castrodad

ÁLBUM DE FAMILIA

Entré a la casa con sigilo. Abrí la puerta de manera discreta, con cuidado de no hacer ruido, con la precaución de levantar los pies cautelosamente para que no se escucharan mis pisadas. Giré la perilla de la puerta hacia la izquierda y con un poco de presión empujé la puerta hacia arriba y hacia adentro, recordando que estaba descuadrada y con esa maniobra evitaba que la madera rozara el piso, provocando que mis dientes rechinaran sin yo poder impedirlo. Caminé con pasos cortos y precisos, apoyándome en la punta de los pies, encorvando un poco el cuerpo hacia el frente, mientras intentaba balancear las pisadas calculadas y la mirada de reconocimiento de aquel recinto doméstico. Mi entrada fue extremadamente cautelosa, me autoimpuse el silencio para aplacar la emoción profunda que me provocaba el regreso.

Ahora que lo pienso, parecía una visita clandestina y yo, la intrusa que se colaba en una fiesta a la que no había sido invitada. No, de ninguna manera mi presencia allí debía considerarse así. Tenía el derecho de entrar, de hurgar, de tocar, de preguntar. Tenía incluso el derecho de irrumpir de manera bulliciosa como tantas veces lo había hecho, domingo tras domingo, por años de años, desde mi infancia hasta mi vida adulta. Desde cuando llegaba en pañales y aprendía a caminar, hasta cuando la que llegaba alborozada era mi hija y exploraba los mismos rincones que a su edad también exploré.

Bulliciosa, sí, como solía ser antes de que la madurez me acabara la diversión. Tenía el derecho de irrumpir con alegría, pero no lo hice. Quien acababa de llegar no era la adolescente vivaracha que fui, sino la adulta severa en la que me he convertido. La que entraba tan discreta a la casa de la abuela era una mujer que apenas reconozco, una que no hace ruido ni se lame las heridas. "No hay que regodearse en la tristeza, no hay que dejar que el recuerdo nos lastime", eso lo aprendí de ti, abuela, lo asimilé de tanto escuchártelo decir.

Tenía tantas ganas de volver. Deseos insaciables de regresar al recinto que me conocía de memoria, a la casa y la finca que recorrí sin cesar y que constantemente evoco desde la lejanía. Llevo tantos años lejos de mi patria. Me mudé a un país distante y los rigores del trabajo y la familia me mantienen cada vez más ocupada. Hoy regreso con nostalgia, a redescubrir mis tesoros.

No le dije a nadie, no anuncié mi llegada. En realidad, ni yo misma sabía que estaría ahí esa tarde. Fue un impulso, un furor súbito desde la distancia que me arrastró sin advertencias. No tomé precauciones, lo admito. Tal vez por eso la sorpresa fue mayor.

Ya dentro de la casa quise detenerme a olerla. Fue mala decisión porque sus paredes de madera gastada y su abandono en el tiempo ya exudaban podredumbre, hongo añejado que provocó que me faltara el aire. Me sentí mareada, con una necesidad vital de inhalar el aire más puro que había respirado en mi vida, el de la finca que albergaba esa casa venida a menos. Buscando oxígeno, abrí de golpe la puerta trasera, la que daba acceso al verdor brillante del campo, la que mostraba cosechas exuberantes y cuerdas de terreno fértil, esa puerta mágica que conducía al paraíso. Digo buscando oxígeno como una manera de engañarme porque, más que aire, procuraba el reencuentro con el campo de mi infancia. Esa experiencia única que sería capaz de devolverme la sonrisa después de varias décadas en el exilio.

Lo próximo que sucedió fue la antítesis de la felicidad. Lo único que no anticipé, aun cuando imaginaba el peor de los escenarios: la finca la habían reducido severamente a una planicie de asfalto. Un estacionamiento sustituía con descaro la tierra, los árboles, el rancho y el esplendor exquisito de los mejores años de mi vida.

Me quedé paralizada viendo el tránsito de vehículos. Era una escena surrealista, abrí la puerta hacia el cielo y me topé con el infierno. No fui capaz de procesarlo.

Un bocinazo grosero me sacó del letargo. Era un jovencito que asomando la cabeza por la ventana de su auto me gritaba cosas que no alcancé a entender. Apenas lo escuchaba, no asimilaba sus palabras, pero veía sus movimientos; su boca se abría en dimensiones insospechadas, gesticulaba con las manos y con el rostro. Se levantó las gafas para que lo mirara a los ojos, para que lo viera arrojar veneno con su mirada. Era una caricatura desagradable que parecía insinuar que la caricatura era yo.

Entendí que estaba detenida en medio de su ruta, pero lo que no comprendía era por qué esa era su ruta. En realidad, esa era mi ruta: mi finca. Era el espacio en el que recogía acerolas en temporada de cosecha. Ahí crecían girasoles alegres. Ahí estaba mi escondite. Ahí caían tamarindos agrios y grosellas maduras que se convertían en dulce. Ahí estaban mis abuelos, mis tíos, mis primos y el recuerdo de mi papá adentro. Esa propiedad era lejana a ese mocoso que tocaba bocina. Ese lugar era de mi absoluto dominio, que alguien se lo informe. Que alguien le diga que está dentro de una propiedad privada. Que se entere de que es un malcriado y un intruso.

El empleado del estacionamiento abandonó su puesto, salió de la caseta de cobro y caminó hacia mí. No venía molesto, más bien se acercó compasivo, probablemente igual de aturdido que yo, pero por razones diferentes. Me preguntó por mi boleto, por mi carro, por mi salud. ¡Qué le importaba eso a él! Todo era una alucinación, una seducción visual que me traicionaba.

No le contesté. No tenía ningún deber de contestarle. Decidí marcharme, no porque me lo pidiera, sino porque yo lo quería. Tuve que marcharme porque me urgía alejarme, necesitaba huir de aquel espacio estéril, del patético olor de la brea caliente que era peor que el azufre, de aquel ordinario estacionamiento en que habían convertido la finca. Aquello era indigno.

Me fui con la intención de no mirar hacia atrás, de encerrar para siempre ese recuerdo desolador.

Abordé el vuelo de regreso casi por instinto. Ocupé la silla del extremo, dejé la ventanilla cerrada sin intención de levantarla. Pero ya en el despegue la subí con evidente ansiedad. Una sola mirada, me juré, solo voy a mirar de lejos unos segundos para despedirme.

Lo que descubrí fue alucinante.

Allí estaba de regreso mi extensión de tierra amada.

Divisé cientos de árboles recargados de frutas, había flores colgando de los enrejados, mis primos y mis hermanos corrían por todas partes, vi paredes escritas con historias centenarias y vi a mi abuelo estoico, de pie junto al rancho de tabaco, más firme que nunca en su vida entera. A su lado estabas tú, querida abuela, diciéndome adiós a lo lejos, agitando tu mano extendida, con tu porte valiente de abeja reina. Fue entonces que escuché una vez más tu voz suave de sabiduría ancestral, recitándome la frase que repetí en voz alta desde mi silla aérea: "no hay que regodearse en la tristeza, mi niña, no hay que dejar que el recuerdo nos lastime".

ONE WAY

Dilaté el proceso hasta que fue evidente que tenía que tomar acción.

Abrí la aplicación de la línea aérea en mi teléfono móvil.

Presioné el enlace para ver los itinerarios disponibles desde mi aeropuerto de origen que el sistema abrevia con las siglas SJU.

Seleccioné el horario más conveniente.

Llené toda la información personal requerida. Le aseguré a la línea aérea que no llevaría ningún objeto inflamable o peligroso.

Revisé los datos: Dos pasajes de ida para el jueves en la noche con destino a DCA. Completé la compra y recibí un correo electrónico que validaba mi transacción e incluía el código de confirmación.

Había terminado el primer trámite, el más fácil.

Dilaté el proceso hasta que fue evidente que tenía que tomar acción.

Abrí la aplicación de la línea aérea en mi teléfono móvil.

Presioné el enlace para ver los itinerarios disponibles desde mi aeropuerto de origen que el sistema abrevia con las siglas DCA.

Éxodos

Seleccioné el horario más conveniente.

Llené toda la información personal requerida. Le aseguré a la línea aérea que no llevaría ningún objeto inflamable o peligroso.

Revisé los datos: Un pasaje de ida para el lunes en la mañana con destino a SJU. Completé la compra y recibí un correo electrónico que validaba mi transacción e incluía el código de confirmación.

Había terminado el segundo trámite, el más difícil.

Fue el viaje más largo de mi vida: 157,680 horas.

La paz de comprobar que mi hijo estaba preparado para la vida fue el motor que me permitió abrir la puerta cuando regresé a casa. Está feliz, balbuceé en voz baja. Y sonreí satisfecha.

LA ONDA EXPANSIVA

20 de diciembre de 2017

Querida Chabeli:

¡Gracias por tus mensajes siempre cariñosos! Tus palabras me han sostenido durante este tiempo tan difícil. Tienes razón, trato de mirar lo bueno, de conservar la esperanza y eso de algún modo me fortalece. Sin embargo, a tres meses del desastre que nos dejó el huracán María, los días a oscuras parecen no tener fin.

Amiga, gracias también por la generosidad de invitarme a tu casa. Aprecio tanto el desprendimiento de tu oferta, las gestiones que has hecho por mí y hasta esa oportunidad laboral que parece un sueño. Pero sabes que no puedo, o quizás es que no quiero, no lo tengo claro. Nunca fui de las que soñó con marcharse. Ni siquiera en el mejor escenario me visualicé haciendo un viaje sin pasaje de regreso. Mi naturaleza es isleña, mis raíces están aquí y cuando me alejo del trópico, me turbo, me deshago, casi no me reconozco.

Sí, te admito que esta vez es diferente. La devastación no ha sido solo física, siento que algo atravesó también mi pecho. Una nostalgia que se sigue alojando sigilosa, atrevida, persistente. Ya pasará, todo pasa.

Un abrazo cariñoso, te quiero.

Querida, disculpa que no he contestado tus llamadas. Estas semanas han sido de locura. Es como si el sol se hubiera ocultado. Voy en un trajín de gestiones y la ciudad me parece tan distinta. No me atrevo a guiar de noche, ¡a duras penas guío de día! Sabrás que todavía hay avenidas sin semáforos, postes sin luz, ¡comunidades sin luz!, escombros por todas partes, hoyos en las carreteras… mejor no sigo. Lo resumo con tristeza: la melancolía no me abandona. A veces siento que me deshojo, hasta mi calle me parece extraña. Creo que estoy en un letargo, en negación. Ya lo sé, no puedo dejar que esto me consuma. Me parece escuchar tu consigna de ánimo, pero si vieras lo que yo veo, me entenderías mejor.

No quiero despedirme con una nota triste, así que te contaré que anoche me horneé un *cheesecake* y ya hoy no queda nada de él, jajaja. Estaba sabroso… ya mañana me preocuparé por las calorías. Hoy solo quiero tratar de dormir.

¡Abrazos!

8 de agosto de 2018

¡¡¡No me vas a creer esto!!! Tengo que sentarme a escribirte ahora porque allá serán las tres de la mañana y si te llamo ahora me matas, pero mañana con calma, te daré los detalles. Por aquí solo te adelanto el titular: El mar ha devuelto a Ulises…

Disculpa la cursilería, pero no sé cómo más explicártelo. Ayer vi a Eugenio. Fue todo muy rápido, hasta dudé que fuera él, me pasó por el lado en la carretera y casi me paralizo. El carro de atrás empezó a tocar bocina y tuve que seguir. El corazón se me aceleró, hasta cambié de ruta por miedo a coincidir con él de nuevo, así de nerviosa me puse. Soy una imbécil, lo sé, pero es lo mejor que me ha pasado en todo este tiempo. No me acribilles, *please*. Ten piedad de tu amiga tonta, el país se me cae encima y finalmente un arcoíris se me atraviesa en la ruta. Hoy tuve un asomo de felicidad. Y esto para ser un titular ya es demasiado largo. Me voy a dormir. Sí, hoy espero soñar.

28 de diciembre de 2018

Chabeli, deberíamos hacer un ritual para cerrar este año. Yo haría una fogata. ¡Qué maldito año de pacotilla! Creo que tengo el efecto post traumático de María y de Eugenio. ¡¡¡¡Como si fueran un matrimonio del infierno!!!! Nada es igual después del huracán. Y mira que ya somos veteranos en esto de los desastres mayores, *uff*, pero a María se le fue la mano. Todavía el país no arranca. Un año después, el país todavía parece un sepulcro abandonado. Los pasados doce meses he llorado más que durante los pasados doce años. Eso te debe dar una idea clara de mi estado emocional. No me juzgues, por favor, pero a veces la frustración me consume. Te vas a sorprender con esta confesión, pero algunos días me descubro acariciando la idea de un cambio, de un nuevo rumbo, preguntándome cómo sería irme. Pero es una locura, no puedo, ya te lo he dicho mil veces. No vayas ahora a entusiasmarte haciendo planes.

Claro, lo de Eugenio fue otro golpe contundente. ¿Cómo rayos se me pudo ocurrir que él había regresado por mí? Me da hasta vergüenza admitirlo. Lo de la fogata lo dije en serio. Quemaría todo. ¿Cómo se queman los recuerdos?

¿Viste el eclipse lunar? ¡Anoche finalmente pude presenciar un eclipse! Como imaginarás, antes los olvidaba, o no me enteraba o me quedaba dormida, esperando la promesa de un espectáculo de luces y sombras. Ese instante en el que la Tierra se interpone entre el sol y la luna, como quien trata de impedir amoríos ajenos. No solo lo vi, también lo retraté… Cierto que fue con mi teléfono, pero te sorprenderás con la calidad de las fotos, te voy a enviar algunas por aquí. Tengo la secuencia de la luna llena, rojiza, brillante, hermosa… y se nota cómo se va oscureciendo por partes, como si le estuvieran dando mordiscos cada vez más grandes hasta que desaparece por completo. En realidad, no desaparece, sigue ahí, pero no recibe la luz del sol.

Ahora que te lo cuento, puedo entender mejor la sensación de desconcierto que sentí asomada por la ventana. No exagero si te digo que el eclipse es una metáfora de mi vida durante el pasado año y medio. El 2017 comenzó con tanta luz que era inevitable que un golpe de sombra lo hiriera. También a mí me fueron apagando el fulgor. Igual que la luna, sigo aquí, pero en penumbras.

Te llamaré mañana. O el viernes. Me voy en busca del sol, necesito su luz.

1ro de mayo de 2019

Te perdiste la videollamada. ¡Te hubieras reído tanto! Hoy llovió. Digo llovió y es casi un eufemismo. ¡Hoy cayó un aguacero, diluvió! Qué mejor día para un torrente como ese que el primero de mayo. Hiciste bien en no contestar, tuve que guardar el teléfono de inmediato para que no se mojara y si contestabas, se me iba a dañar. La lluvia era tan fuerte que hasta en Madrid la hubieras sentido. El agua me sorprendió bajo un alero que en segundos dejó de ser un buen refugio y decidí darle paso a la catarsis. Salté sobre los charcos que antes evadía, hundí mis zapatos de tacón en la cuneta de corriente alborotada, dejé caer el agua sobre mi cabeza hasta que empapó mi pelo y corrí con desenfreno sintiendo mi alma liberada. "A lo bestia", esa frase que a ti te encanta y que yo detesto. Hoy me la permito. Hoy, primero de mayo, me permito aceptar que no hay tristeza que no ceda ante un potente aguacero. El agua es sanadora. ¿Crees que es cierto que la primera lluvia de mayo es de buena suerte? Dime que es cierto, lo necesito.

30 de octubre de 2019

Han pasado dos años y nada cambia. Una se va a agotando de a poquito. Al principio no es tan obvio, pero el desgaste no se detiene. Cada cual anda abriendo su propia ruta, así se sobrevive. Así sobrevivimos. Así también se va gestando la anarquía.

Tengo la ilusión de que cambie, por supuesto. Pero mientras, la inacción me asfixia, Chabeli. Me asfixio.

No pienses que no quiero ir a visitarte, ya te dije que un día de estos te sorprendo. Ya sabes, me quejo, pero no me alejo. Tengo una relación extraña con mi Isla. Ayer pensaba en eso, algunos destruyen el país y otros nos consumimos impotentes. En el medio, hay una masa inmensa que ríe, porque la risa fácil es la manera más rápida de mirar para el lado. Tendré que seguir moviéndome para no terminar mirando también para el lado.

8 de diciembre de 2019

Chabeli, estoy decidida. Este 31 de diciembre voy a dejar atrás todas las complicaciones, las tristezas y la frustración. Ya está bueno de sufrimientos. Cierro la década con borrón y cuenta nueva. El 2020 será un año maravilloso. Comenzaré mi nueva rutina el primero de enero, todo va a cambiar, ya verás. No pienso quejarme más, este será el tiempo de la renovación. Voy a florecer, este país florecerá. ¡Estoy tan entusiasmada! Anda, ven a visitarme. Sé que todavía estamos inestables, pero es cuestión de tiempo. Ya no puede pasarnos nada peor.

No te vayas a reír, pero pienso dejar puestas las decoraciones navideñas hasta mayo. Nada podrá quitarme la alegría.

31 de diciembre de 2019

Cinco, cuatro, tres, dos, uno… ¡FELIZ AÑO NUEVO!
Te dejé un mensaje de voz hace un minuto. Toda la felicidad para ti, amiga, que la luz alumbre siempre tu camino.

9 de enero de 2020

No puedo creer que llevamos dos días tratando de hablar sin éxito. Recibí tus mensajes, espero que te hayan llegado los míos. El celular casi no tiene señal. La comunicación es un desastre. Pero dentro de las circunstancias, estoy bien. Muy nerviosa, pero bien. Ay, amiga, esto sí que no lo vi venir, nadie lo vio venir. ¡Un terremoto! ¿En serio? ¿El destino no pudo pensar en nada mejor?

Todavía lo estoy procesando. Lo peor fue que me desperté de repente, abrí los ojos azorada, no sé si por el movimiento de la cama o por el ruido del espaldar dando contra la pared, pero lo primero que pensé fue que el techo me iba a caer encima. En lugar de salir corriendo, me quedé quieta, pasmada. Olvidé todos los protocolos y decidí esperar hasta que la sacudida se calmara. Una necedad, lo sé, pero ¿quién piensa en medio del caos? Obviamente yo no.

Fue corto, pero súper intenso: 6.4. En momentos así, quince segundos parecen una hora y treinta segundos, una eternidad. Estaba ante la eternidad sin saber hacia dónde moverme.

11 de enero de 2020

Te escribo para que no te quedes preocupada. Se cortó la llamada porque el teléfono se quedó sin batería y no puedo cargarlo porque ¡¡¡se fue la luz de nuevo!!! Estoy en la computadora, aprovechando la poquita carga que le queda porque hoy también olvidé conectarla.

La tarde está nublada y sombría, parece más tarde de lo que es. Ahora me da miedo la noche, eso antes no me pasaba. Me asusta que empiece a temblar de nuevo y no me dé cuenta. Quién sabe si así sea mejor. No enterarse de las cosas tiene sus ventajas. Como dice el refrán: ojos que no ven, corazón que no siente. Corazón que no siente… Corazón que no siente…

Es lo que me está pasando. Tengo el corazón aletargado, entumecido. Ya casi no siente.

15 de enero de 2020

Gracias por estar pendiente. No quiero que pienses que tienes que darme terapia, tranquila, voy a estar bien. Esta mañana salí a caminar. Me fui sin rumbo, no podía parar. Al punto que caminé veintidós kilómetros. Y no exagero.

Puedo adivinar lo que estás pensando: "mamita, estás poseída por un espíritu atlético, ¿tú caminando tanto? ¡Imposible!"

¡Ay, Chabeli, ya todo es posible! Todo.

19 de enero de 2020

Llevo casi cuarenta y ocho horas sin dormir.
Estoy agotada.
El cuerpo me pesa.
La mente me pesa.
El país me pesa.

Se me ocurren cosas, ideas, ilusiones, utopías.
Se me ocurre que volver a imaginar es posible.

25 de enero de 2020

Abre el anejo del mensaje, ahí está toda la información.

Voy muerta de miedo, pero sabes que lo intenté. Tú, mejor que nadie, sabes cómo intenté que fuera diferente. No puedo decir que me estoy rindiendo, al contrario, me estoy componiendo. Necesito recuperarme, volver a ser.

Y contestando la pregunta que me hiciste ayer, tengo que decirte que no, acomodar mi vida entera en una maleta no es el acto más valiente que he hecho.

El acto más valiente ha sido atreverme, volver a empezar.

Shara Lávender

SUFIA: INEFABLE ÉXODO DE LA CARNE
(fragmento de novela inédita)

(Llegada a Somalia)

I

26 de junio de 2008
Mogadiscio, capital de Somalia

Mogadiscio es un caos, las ruinas de la ciudad destruyen mi alma…

II

10 de julio de 2008
Campamento Lemonier, Mogadiscio
(6:40 de la tarde)

Lo único que me queda es el propio ser. Me encuentro sola frente a mí y lo desgastado del organismo. Siento el cuerpo más delgado y liviano, como si flotara sobre la inmensidad de un mar desconocido. Hoy salí por primera vez del campamento desde que llegué a Somalia. La desolación se apodera de todo. Dos semanas de poco alimento y constantes náuseas me han hecho reflexionar y preguntarme por qué estoy aquí. Los edificios que alguna vez fueron hoteles, con sus cúspides aún hermosas, me susurraron que huyera, que este no es mi sitio y que terminaría arruinada. Las miradas, que acribillaron mi rostro en el aeropuerto, me mostraron lo mal recibidos que somos los soldados. Al parecer, nadie quiere nuestra presencia y tampoco nadie entiende por qué nos han enviado a estas tierras.

Los maleteros esperaban ansiosos por unos pocos dólares. No les temí... ni a ellos ni a los mendigos tirados en la acera, que se hubieran conformado con al menos un chelín somalí. La amenaza venía del resto de los que por allí transitaban aquel día polvoriento cuando llegamos a este lugar. Unos hombres muy sospechosos vigilaban de cerca la guagua que nos recogió en el aeropuerto. Los vi. Llevaban el rostro tapado, con los ojos y las cejas al descubierto. Cuatro hombres armados en plena calle, esos sí me intimidaron. Me amedrenté al darme cuenta de que acababa de aterrizar en un país sin orden. Me sentí mareada y vomité el puré de viandas que me sostenía hacía ya un día y medio.

Llevo tiempo recluida en el campamento, tomando leche de cabra. El denso líquido no me cayó bien al principio, pero he tenido que acostumbrarme a su sabor y textura. Cuando los demás dejan un pedazo de pan endurecer, lo remojo un poco, como si hiciera la mezcla para un budín. He perdido unas cuantas libras y los músculos se sienten flácidos.

Esta mañana me enfrenté a mis propósitos. Me di cuenta de que mi primera misión de la Guardia Nacional podría dejarme tan destrozada como a la mujer que limpiaba la acera frente al campamento de nuestro grupo, autodenominado "Los Borincaneers". Cuando la vi agarrando fuerte la escoba, mis ojos insistentes buscaron un refugio en el oscuro de su mirada. Pero ella no alzó la vista. Se tapó la cara con el paño que cubría su cabeza, mientras Carola y yo salíamos sigilosas hacia el mercado. Era muy delgada; verla me hizo querer comer algo.

Probé un poco de *muufo* (en realidad casi una migaja) que Carola le compró a la misma mujer que barría la calle. Quise preguntarle sobre muchas cosas, entre ellas, por qué no se comía su propio pan o por qué tenía que vender su alimento. La plantilla, hecha con harina de maíz, me trajo el sabor del polvo que tenía ya pegado en los labios, en las manos, hasta en la cara. Mastiqué con cuidado la pieza sazonada con mantequilla y me la tragué sin ningún líquido. No me ahogué.

Un soldado nos acompañó armado con su M16 semiautomática. Confiaba que, a la menor provocación, el rifle dispararía sus balas a tal velocidad que cualquier somalí caería desplomado al instante. Cargaba, además, 17 *magazines* de 30 balas cada uno, y una bayoneta bastante afilada. Pienso que es un paranoico, nosotras andábamos con sendos chalecos antibalas y, por supuesto, la máscara anti gases (*never leave home without it*).

En ese momento me sentí confiada, pues agentes del Gobierno Federal de Transición nos prestaban vigilancia a varios metros de distancia. A lo lejos, mis compañeros bien uniformados se apoderaban de las calles. Ilusos... tratan de mantener a un pueblo seguro en un lugar donde no hay leyes.

Caminamos muy ligero, pegados a la acera para no ser atropellados por los pocos autos que transitaban por allí, en su mayoría guaguas Toyota y camiones destartalados. Cuando cruzamos la avenida principal para detenernos en una farmacia, me encontré con un rostro tras los barrotes despintados que cubrían la ventanilla del negocio. La escotilla era utilizada para despachar órdenes, después de las seis de la tarde. A esa hora cierran los negocios de la capital, excepto los que venden alcohol y hojas de *kat*. El hombre tras el mostrador, probablemente había fumado de la hierba antes de que llegáramos y por eso sus ojos parecían endemoniados, miraban a la derecha todo el tiempo. Fue muy descortés con nosotros y se puso de mal humor, cuando no entendimos su lengua extraña. Entonces le hablé en francés, pero tampoco nos logramos comunicar. El soldado, quien era el del problema, señaló la cabeza mientras yo le repetía en inglés *headache*, *headache*. El hombre en el limbo entendió la orden, despachó una caja de tabletas de marca desconocida y nos mostró dos dedos, en señal de la dosis que recomendaba. Recibió veinte dólares a cambio y sus ojos se enderezaron de inmediato; de seguro que con esa cantidad comería durante un mes.

Pobre gente, atrapada en una costa sin dueño, en un cuerno gobernado por piratas.

[…] Todo lo que me rodea es distinto a cualquier ciudad que haya visto. La capital es simétrica, una cuadra parece pertenecer a un pueblo, la próxima exhibe casas destruidas y negocios cerrados. Los pocos árboles descansan plantados en cal. Sus ramas proporcionan algo de sombra a las tiendas que quedan abiertas en el mercado central. En frente, varias estructuras abandonadas agonizan y dan albergue a desplazados y otros sin hogar.

Las tiendas, con paredes de cartón prensado y techos de tela, llamaron mucho mi atención. Mi amiga y el otro soldado no mostraron mucha emoción; creo que han perdido sus sentimientos entre las paredes a medio construir o medio destruir (ya no sé cómo mirarlas). Observo a los soldados que comparten el campamento conmigo y pienso que todos actúan distinto. Deben tener el hambre enseñándoles los dientes a las costillas y tienen miedo de decirlo, lo que es peor. Por eso nos hemos levantado cada mañana: por el instinto de proteger nuestra integridad ante todo… luego nos surge la duda extrema de ¿qué carajo hacemos aquí?

Al llegar a la acera del mercado, el olor a sudor y pescado me dio el presagio de que, aunque no quisiese, podía volver a las náuseas de los pasados días. Respiré por la boca un buen rato y comencé a sentir un leve mareo. Carola me ofreció del agua que tenía en la cantimplora, pero no acepté el buche. Pensé que podría enfermarme. O que lo que llevaba en la *canteen* era agua de grifo, proveniente de las tuberías putrefactas que recorren la profundidad de las calles. ¿Dónde está tu *camel back*? En el mismo sitio que el tuyo, en el campamento, respondió ella. Continué la marcha sin agradecer el gesto de mi amiga. Pienso que lo hizo adrede, sabe que no tomaría de la boquilla de otra persona. Deseé tener en ese momento la mochila colgando de los hombros cansados, sorber un poco de líquido a través del tubito de goma y saciar la sed que en aquel momento estaba sintiendo.

En el Mercado de Baraka había de todo, o lo poco que podría necesitar una persona en aquella condición de vida. Algo de atún, guineos, carne de camello, granos y prendas de vestir eran la mercancía disponible. También había trajes de colores, túnicas con círculos oscuros contrastando el brillante naranja del fondo de la tela. Una bandera de Somalia guindaba como parte de la decoración que exhibía una de las tiendas. Su única estrella blanca me hipnotizó. Flotaba majestuosa en el mismo centro de un azul claro, transparente, limpio. Hay quien dice que el color azul ayuda a controlar la mente y a despertar la curiosidad.

Quizás esta gente padece de una creatividad extrema y eso los ha llevado a discrepar de sus propias ideas sobre cómo gobernar el país. Esta nación se debe estar malogrando, lo vi esta mañana en los ojos de la gente. La turbación se notaba en los pasos y en los movimientos torpes de las mujeres. Todos los rostros eran negros y estaban marcados por el hambre.

[…] seguí a una mujer que me llamaba con un pañuelo entre los dedos de la mano izquierda. Señaló una mesa con pieles de leopardo desplegadas sobre la madera. Debían ser de Etiopía, pensé. La mujer trató de explicarme, pero no comprendí su dialecto. Decía *burka*, *burka*. Le señalé la pañoleta que tenía puesta en la cabeza y ella dijo *hijab*. Asentí. Ella dobló el cuerpo como una espiga y casi metida debajo de la mesa esbozó un "ye ye", imagino que tratando de decir que sí en inglés. Recuerdo el pañuelo: era pequeño y muy delicado. Estaba hecho de algodón y tenía detalles tejidos a mano. El diseño me recordó de inmediato las noches nubladas que pasé llorando, cuando terminó la enfermedad de mi madre. Desde entonces, no he vuelto a ver mis lágrimas. La tela coloreada con diseños de estrellas y gotas me recordó mi propia tristeza.

[…] En este lugar, el cielo se asoma gris entre nubes difusas. Todo parece pintado del mismo tono. Las casas no tienen color y los pedazos de zinc contrastan con la tinta del cemento viejo, en las edificaciones más sofisticadas de este barrio de muerte. La mayoría de las casas están incompletas, con una o dos habitaciones expuestas a la intemperie por algún orificio en la pared.

Las aberturas en los muros son el rastro de la decadencia. Las piedras derrumbadas en el camino son el recordatorio de que, en este sitio, la gente actúa como bestias. Aún los llamados civilizados, al llegar a esta tierra infértil, se vuelven áridos como las grietas mismas en las que alguna vez hubo cientos de árboles. Los troncos se han convertido en carbón y están rumbo a Yemén, al otro lado de las aguas.

[…] Mientras trataba de comprender a la somalí que quería venderme el pañuelo, unos niños flacos pasaron corriendo entre la vendedora y yo. Detrás pasaron un par de cabras llevadas por una muchachita desnutrida. Luego, un hombre con cara de árabe, trató de venderme el mono que llevaba amarrado en la cintura. El chimpancé africano parecía estar enfermo y pensé que me podría morder. Confundida, salí en busca de mis compañeros.

El mercado me ha dejado la sensación de vivir en un carnaval, donde yo soy la única espectadora y todos actúan para mí. O podría tratarse de un teatro. El público, compuesto por un solo espectador, finge para que luzca que aquí nada ocurre y que el espacio de tiempo que vivimos hoy forma parte de la rutina del lugar. […]

SUFIA: INEFABLE ÉXODO DE LA CARNE

(El secuestro)

Fecha desconocida.
En Bosaso, costa noroeste de Somalia
(Atardece)

He viajado casi dos días por un paisaje desorientador e inhóspito rumbo a Bosaso.

Karib tenía razón sobre Eyl: es un poblado con bastante movimiento de gente. Cuando Nadif me sacó de la casa de Muse, pensé mejor en lo que estaba ocurriendo. Me encontraba en un lugar muy diferente a Mogadiscio. Los edificios y estructuras estaban en franca reparación y la gente parecía disfrutar de actividades como beber una cerveza, fumar un cigarro o hablar por el teléfono móvil. Imaginé que estaba en otro sitio distinto a Somalia.

En cuestión de minutos, en una guagua Land Cruiser, nos dirigimos en línea recta hacia la carretera que nos conduciría a Bosaso. Entonces dejé de ver mujeres y niños cargando envases sobre la cabeza, o a hombres mayores bebiendo y fumando frente a algún negocio recién pintado.

Queda en mí el recuerdo de la mujer que vi cuando cruzamos Bargal. A su alrededor, el cielo completamente azul, sin nube alguna, y todas las edificaciones iguales, del mismo color arcilla, ese que lo mancha todo. Muse mencionó que la anciana vendía té. Estaba sentada en la orilla de la carretera con las dos manos juntas, cerradas, como si pronunciara en secreto una oración para su dios, Alá. A su alrededor, estaban los utensilios del negocio: dos jarras de metal (tipo tetera), una bandeja pequeña de aluminio, una cucharilla y una vela colocada bajo el agua de hierbas. También había una lata que me pareció bastante particular. Servía de mesa para el vaso, la cucharilla y un colador con bordes de color verde.

Traté, sin éxito, de adivinar el contenido de la lata que tenía la mujer. Tal vez era mantequilla o café. El nombre del producto, escrito en inglés, no reveló detalles adicionales sobre el contenido: *Rainbow*. Y un hermoso arcoiris se desplegaba debajo de las letras negras, en el centro del envase. Me quedé con la duda. La mujer usaba un vestido largo, de una tela distinta a las que he visto en Mogadiscio y Eyl. Creo que la diferencia está en los colores brillantes del diseño.

Lo próximo que vi fueron cientos de chozas que comenzaron a aparecer en el horizonte. Esas cabañas, según mencionó Karib, son hechas a base de lodo, cartón y estiércol, y tienen el techo de paja. Especificó que las casuchas redondas se llaman *mundals* y que las que tienen forma rectangular se conocen como *arish*.

Le pregunté al traductor que si todos los habitantes de aquella región vivían de manera infrahumana. Él negó con la cabeza. En ese momento nos encontrábamos en Butyalo. Según Karib, algunas casas son construidas de piedra, con pedazos de tronco, lata, algunos ladrillos y un poco de cemento. Pero estas son las residencias de los más acomodados en la zona: los granjeros y agricultores, quienes pueden obtener, además, piezas de madera, cerámica y cristal.

Vislumbré decenas de hormigueros de un tamaño bastante impresionante, pero ni un solo árbol. Karib dice que la venta ilegal de carbón los ha exterminado. Según su percepción, el estilo de vida de los casi dos millones de nómadas que atraviesan Somalia, desde

Kenia, está desapareciendo ante las sequías. Me contó que antes los pastores guiaban sus rebaños entre la hierba alta. Ahora nunca hay suficiente pasto. El ganado no puede alimentarse y las familias que dependen de su leche no pueden subsistir. Por eso han recurrido a la venta ilegal de carbón, hecho con los árboles de los campos donde pastaban los rebaños, sentencié. Entendiste bien, replicó Karib.

Recorrimos una zona empobrecida y cruzamos caminos hechos de polvo. La tierra era de color marrón muy oscuro, como si hubiese sido consumida por las llamas de un fuego implacable. Observé otro grupo de casuchas con techos de paja y paredes de cartón prensado, no había nadie por los alrededores. No vislumbré cables de electricidad, pero sí unas sogas tipo cordeles que se suspendían de una estructura a otra. Colgaban pocas piezas de tela, se veían curtidas por exceso de uso. Algunas estaban raídas, con los hilos ondeando en un viento leve.

Muse, quien conducía la camioneta, se detuvo en una tienda hecha de lona. Se apeó y ordenó que lo esperáramos en la guagua con los cristales cerrados. Al rato, unos niños se pegaron a las ventanillas. Nadif colocó su mano sobre la mía, gesto que me provocó cierta tranquilidad. Dediqué aquellos segundos a observar las expresiones en sus rostros. Eran opacas. A través del cristal, las caras me parecieron todas similares, carentes de belleza, de simetría. Noté que dos mujeres se acercaron también. Tenían las facciones mucho más sobresalientes que las que he visto hasta ahora: el color de la piel muy curtido y los ojos grandes, saltones y oscuros. Miré a Nadif con cientos de preguntas en la mente. Ella le habló a Karib y fue él quien rompió el silencio. *Don't be afraid. Only refugees.* Entonces supe que la diferencia en las características se debe a la procedencia: vinieron huyendo de Etiopía.

Pero ¿por qué alguien, en afán de huir, decide mudarse a Somalia?...

A medida que nos adentrábamos en Bosaso y nos acercábamos al puerto, los colores del paraje comenzaron a cambiar. La hierba, un poco crecida, funcionaba como una verja divisoria entre la carretera y dos o tres casitas construidas en la orilla. Las paredes eran de paja y planchas de zinc. Los techos lucían igual de frágiles y se mantenían fijos, con piedras colocadas en las esquinas. Unos cuantos árboles amortiguaban los rayos del sol que entraban en las casas, a través de varios boquetes en la paja. Sobre la grama descansaban pocas flores. Una amapola amarilla con el centro anaranjado fue motivo de roce entre Karib y yo. Dije (sin pensar) que ese tipo de flor crece en Puerto Rico.

Quiero regresar a mi tierra, suspiré. El traductor dijo que era imposible. ¿Qué cosa?, pregunté. Pensé que se refería al retorno. Esa flor no crece en la Isla de la que provienes, dijo. Es una especie de planta somalí llamada Ibiscus, añadió él, como si con aquello revelara el secreto de la existencia humana. Amapola es el nombre común para Ibiscus, es la misma planta, le aseguré y quise tener mi teléfono celular a mano para buscarle un par de fotos en Internet. Una flor de Somalia que crece en Puerto Rico, una mujer del Caribe que se transforma en el lado occidental del mundo, reflexioné. [...]

[...] Cuando entré en la casa de Guedi, sentí un ambiente distinto. El olor a canela y azúcar me agradó. Los cuadros con fotografías de una fiesta alegran las paredes pintadas de color arena. Los muebles están estropeados. Es evidente que cuando los trajeron (tal vez de Kenia, o Arabia) eran exclusivos. Ahora la tela se expone al deterioro del que son víctimas todos los que viven aquí. El antebrazo de una butaca tiene un roto por el que cabe mi puño. Los detalles en hilo dan la impresión de que ha pasado mucho tiempo desde que trajeron estos muebles, desde que los colocaron con cuidado sobre las losas del piso.

A Guedi le gustó ver a Muse. Lo pude apreciar en la forma en que lo besó en las dos mejillas varias veces. Al traductor lo saludó con una reverencia, y a Nadif le dio un abrazo prolongado. Volvió a mirarme a través de la malla que cubre los ojos. Hizo señas para que me destapara la cara y me invitó a sentar. Entender a esta gente no es tan difícil, hablan usando el cuerpo. Mueven las manos, la cabeza, acompañan sus palabras con acciones. Eso me gusta y facilita la tarea de deducir lo que ocurre. Cuando me quité el trapo de la cara, intuí que Guedi le sonreía a Muse, mientras le daba la bienvenida.

Nos sentamos en los muebles carcomidos, como si realizáramos una visita de cortesía. Ella no dejaba de observar cada uno de mis movimientos. Con el sonido de unas gallinas cacareando tomamos un té negro, con dos o tres hojitas de menta. Nadif vertió un poco de leche en la taza del traductor y me ofreció un poco. Rechacé la jarra. Sentí mareos.

Aquella imagen de mí misma, sentada alrededor de todos aquellos desconocidos, aún me estremece. Son todos contra mí. Y tal vez esté actuando contra mí misma. Muse también tomó el té sin leche, pero derramó un poco de miel sobre el brebaje que todavía despedía un fino hilo de humo. Mientras sorbían el brebaje hablaban en su idioma, tal vez burlándose de la presa, describiendo los detalles del secuestro, la negativa de pedir una recompensa, la obsesión que tiene este hombre de mantenerme a su lado, siempre cerca, siempre vigilada.

Dejé de mirar a los que ya conozco para concentrarme en la anfitriona. Tenía el cuerpo tapado completo: desde la cabeza hasta la punta de los pies. La túnica negra solo dejaba sus ojos al descubierto. Ese tipo de vestido se llama burka. Era parecido al que me mostró la vendedora en el mercado de Baraka.

Guedi me dio la bienvenida cuando notó mi mirada curiosa explorar su indumentaria. *Soo Maal*. Otra vez la misma frase. Y ellos comenzaron a reír como si se tratara de una broma, de un chiste. *What do you mean*? Hice que el traductor le preguntara. Le hablé seria, fijándome en cómo pronunciaba las palabras en inglés para que Muse también me entendiera.

Entonces la vieja también rio y habló y volvió a reír, y dijo palabras que no entiendo, cosas que, si las supiera, quizás no estuviese aquí.

Go and milk it, tradujo Karib con su orgullo de sabelotodo. Muse intervino (tal vez para no perder protagonismo) y dijo que es la forma de dar la bienvenida a la gente que llega a Somalia.

Inmediatamente después ordenó que no hiciera más preguntas por un rato, que estaba cansado de escuchar el tono con el que interrogaba a todos los que me rodean. Me sentí ofendida. ¿Qué esperaba? ¿Silencio total ante una injusticia cometida en mi contra? ¿O que aceptaría quedarme muy contenta en tierra de nadie? [...]

[...] Nadif se quedó a mi lado. Me recosté en la cama, apoyando las manos sobre los muslos tapados de ella. Acarició mi cabeza largo rato, cantando una melodía alegre. Dormité imaginando una historia en la canción de Nadif, visualizando el día en que regresaré a Puerto Rico.

Entonces entró Guedi y despertó mis sueños. Traté de explicarle que no comería de aquello. Era un plato de arroz con una salsa espesa encima, que además de tener poco atractivo, pensé que podría asfixiarme. Desistí de la idea. Nadif le dijo unas cuantas palabras, Guedi replicó, y finalmente se retiró con el plato, tal vez entendiendo lo que para mí fue difícil explicar.

Cuando estoy a solas con Nadif, siento que de alguna forma me comprende. Sabe mis sentimientos. Pienso que posee el don de la intuición, ese que dirige a las madres primerizas para que puedan distinguir si el llanto del recién nacido se trata de hambre o sueño. O dolor, tal vez.

Cuando estoy sola conmigo, emergen los sonidos que me recuerdan que estoy muy lejos de mi tierra. Escucho un sinnúmero de ruidos que no se oían en Eyl, otros que nunca escuché en mi Isla. Parecen grillos, tal vez algún tipo de ave de rapiña que busca un cuerpo muerto para devorar.

Aquí la oscuridad parece ser menos espesa que en Mogadiscio, donde las noches fueron un lapso demasiado lento. El clima allí es mucho más árido, la cercanía del mar no logra aplacar las altas temperaturas. Un día, Karib me dijo que la capital había sido fundada por árabes y que por eso sentía cierta pertenencia al lugar en que me habían raptado.

Nadif se ha quedado dormida con la espalda apoyada en la pared. La observo mientras escribo estas líneas. Parece descansar tranquila, mansa, imperturbable. Quisiera saber con qué estará soñando, cuáles son las fantasías que se presentan en su mente mientras duerme.

Un momento como este me serviría para escapar. Esperar a que todos estén en un sueño profundo y correr. Aguardar el instante en que la noche se vuelve más fría y el cuerpo que está dormido se encuentra más pesado. Entonces huir. Apartarme de todos ellos y alejarme del peligro que representan. Eso es. Debo cruzar la frontera a Somaliland y acudir a la embajada americana, si hay alguna. O llegar hasta Sudán, más al noreste del continente, y decidir por cuál de sus fronteras continuar la huida. Egipto hacia el norte, atravesar el Mar Rojo, tal vez llegar hasta Eritrea rumbo al este, o a Kenia, si tomo la ruta hacia el sur.

Quizás esa sea la solución: no esperar a los soldados. Es posible que hayan desistido de la idea de buscarme, o que hayan recibido órdenes de Rodgers y la operación de rescate esté cancelada.

SUFIA: INEFABLE ÉXODO DE LA CARNE

(Desconsuelo e incertidumbre)

Fecha desconocida.
Eyl, norte de Somalia
(Anochece)

Mi error, si es que hubo alguno, fue acudir sola a ver a Karib. Me pidió que nos encontráramos en el patio y no dudé en asistir a la cita. Él me sugirió que aprovecháramos el viaje de Muse para escapar.

Me enfrenté a él, le dije que no iría a ninguna parte. Traté de hacerlo de la manera más clara posible. Quise ir al grano, sin rodeos. Karib, al parecer, ya había ensayado la escena. Replicó cada uno de mis argumentos, haciéndolos parecer descabellados. Al percibir su airada expresión, descarté mencionar la amenaza del pirata: *Don't try to escape*. Un temblor casi imperceptible dominó mis dedos. Oculté las manos tras la espalda. Él continuó pronunciando su monólogo y la intensidad de sus palabras aumentaba, a la vez que se acercaba a mí.

El pirata está como un *dummad*, como un gato. ¿Por qué? Los gatos enloquecen cuando hay hembras cerca, estén o no en celo. *Bida*. Hechicera. *Feyd*. Desnúdate. Retrocedí varios pasos, un tropezón. Moví las piernas trémulas a un lado y al otro. Me sentí mareada, desorientada, abandonada a la suerte de Karib, a sus deseos, a sus instintos asquerosos de competir contra el pirata, por el clítoris de una mujer blanca.

[…] vi que Karib estaba justo delante de mí, mostrándome su repulsiva lengua. Trató de besarme, me haló por la mano derecha y luego me ciñó por la cintura muy fuerte, tanto que sentí que me faltaba el aire, que podría desmayarme en cualquier instante, que pude haberme caído con tan solo un viento que arrancase hojas del árbol bajo el cual me encontraba parada. Los árboles no son muy comunes en esta zona de África, debe ser Muse muy afortunado por producir limones todo el año.

Let's go to Yemen. I'm not going anywhere. Me agarró por los brazos, me empujó hacia el cuarto, la célula, la cabina, el quebrantador de espíritu, mi cárcel. Pulso acelerado, respiración caliente, latidos incrementan su velocidad, son entrecortados, interrumpidos. Regresó el miedo de estar encerrada. Miré la pecera, allí estaba la tortuga flotando alegre, resuelta, libre, tranquila, decidida a permanecer en aquellas aguas que le servían de hábitat. Sentí envidia de su libertad, de sus aguas solo suyas, de las rocas en las que descansa y seca el duro caparazón.

Sin desviar la mirada, agarré la tapa de metal que cubría el estanque. Golpeé a Karib en el centro de su frente, en la cabeza calva, en el nacimiento de la nariz. Él se dobló y se tapó el rostro con el antebrazo. Gritó frases en somalí y finalmente, un *help* ahogado se blandió entre sus cuerdas vocales.

Volví a golpearlo para que se callara. Lo pateé no sé cuántas veces tendido en el suelo. Cuando el metal se volvió demasiado maleable, agarré una piedra del suelo y le abrí el cráneo. La sangre salió a borbotones por su cabeza de árabe enfermo, de asqueroso traductor, desgraciado. Era un traidor. El líquido rojo negruzco se introdujo en la tierra que alimenta las plantas de Olígamo, el limonero, las matas de *kat*, los tomates recién plantados por Nadif, el rosal que Muse sembró para mí antes de irse a Garoowe. La tierra cambió de color al tiempo que mi alma se volvía más oscura y sombría.

[…] A los pocos segundos, Nadif reaccionó y me sacó de allí. Absorta en mis elucubraciones, caminé junto a ella hacia el baño del cuarto de Muse. Realizó el mismo ritual de quitarme los paños, esta vez empapados con sangre ajena, en lugar de mis orines. Me bañó como si fuese su hija, su niña malcriada. Vi el agua correr por el grifo, la sentí caer sobre mí, a medida que Nadif restregaba mi cuerpo, y quitaba todo rastro de maldad de mis poros. Comenzó a cantar, tarareó una melodía hasta que el agua, aún rosada se perdía en el desagüe de la tina. Luego me secó con delicadeza y me perfumó. Untó una crema de cacao en casi todo mi cuerpo y me envolvió con un *dirac* de rayas anaranjadas y amarillas. Buscó un *hijab* en una de las gavetas de Muse. ¿Cómo se atreve a meter la mano ahí, pensé?.

Parada frente al espejo y con Nadif tras de mí, comencé a colocarme el paño alrededor de la cabeza, siguiendo el movimiento de los dedos de Nadif sobre mis manos. Primero, colocó el paño estirado sobre mi cabello repelado, dejando el lado derecho de la tela más largo. Luego lo dobló tras mi nuca y lo soltó para que yo repitiera el movimiento. Uní las dos esquinas de la tela dorada tras mi cuello, siguiendo las señas de Nadif y los sujeté con una hebilla pequeña. Entonces ella comenzó a pasar el paño de arriba hacia abajo, alrededor de mi barbilla y en el espejo vi cómo mi cabeza iba desapareciendo tras la tela. Solo quedó mi rostro descubierto, los ojos, la nariz, los labios que ardían por volver a besar a Muse. Una mujer realmente hermosa sonreía ante la superficie plana del vidrio que me reflejaba.

Nadif siempre usa el *baati*, un tipo de vestido largo, hecho de algodón y siempre lleva el cabello tapado con un *hijab* de algún color sólido. A veces usa el burka, en las ocasiones en que se va a rezarle a Alá, cuando cae el sol. Ha querido enseñarme sus plegarias varias veces, yo simulo que no entiendo sus palabras, aunque la realidad es que el libro, que me regaló hace un tiempo, me ha servido de maestro. Es que no me interesa hablarle a su dios, el mío no pudo salvarme, dudo que este pueda. [...]

[...] La palabra *hijab* proviene del árabe *jajabah*, que quiere decir esconder. Las mujeres que lo usan no muestran su verdadera belleza, la guardan para sí mismas y para sus hombres. Incluso, desde el principio de la creación, el uso de los velos ha representado conciencia divina, pureza de actos. [...]

El *hijab* no es una cárcel paseante, sentenció con una expresión muy seria en su rostro. Las líneas de su vejez marcaban profundas fisuras alrededor de sus labios, a medida que pronunciaba cada palabra con detenimiento, para que pudiera entenderla. Es un acto de obediencia y no debes quitártelo, me pidió.

Entonces recitó un verso del Corán que decía más o menos así: "Y dile a las mujeres creyentes que bajen su mirada y que protejan sus partes privadas, excepto lo que tiene que verse, y deben poner sus velos sobre su *juyubijina*". Nadif continuó con su sermón improvisado y me explicó que el mensaje de Alá es que ninguna mujer debe mostrar su belleza íntima, a menos que ocurra una situación incontrolable. Sobre las manos y la cara, los sabios tienen distintas opiniones en cuanto si taparlo o no... solo Alá sabe lo que es mejor. Me gusta el velo, le dije. Lo usaré mientras esté aquí.

Asad tocó la puerta y con el golpe en la madera desapareció la nube de mis recuerdos. Nadif abrió y el amigo del pirata entró a la habitación repentinamente. Comenzaron a hablar de Muse, mencionaron varias veces el nombre de Karib. No comprendí bien lo que decían, sus palabras construidas en susurros se disolvían en mis oídos, antes de penetrar mi mente. Quise preguntar por el traductor, hablar de mi error (si es que hubo alguno).

Kaalmee fadlan. Help me, please. Atendieron mi súplica y Nadif trató de tranquilizarme diciendo que todo estaba en manos de Alá y que no había razón para tener miedo. Salieron de la habitación de Muse, dejándome otra vez sola con mis tribulaciones.

Éxodos

Ahora será imposible huir a Yemen. Tal vez sea una invención el retorno a mi tierra. Allí, donde dejé parte de la inocencia que me hizo falta para desistir de la idea de matar a Karib. Ya no estoy tan segura de querer regresar, pienso demasiado en Muse.

Pero ¿a quién maté? ¿A Karib? ¿Al sargento Rodgers? ¿A mi padre? ¿A Carola? ¿Al soldado que no me acompañó al mercado el día del secuestro?

Asesiné a Mitchelle, maté sus temores. Exterminé sus demonios con alevosía, con deliberación. Borré sus inseguridades con la sangre de Karib… la reviví entre los paños de Nadif… la inmortalizo en los brazos de Muse.

Si he muerto o si he de morir, ¿se extinguirá todo el sufrimiento?

Miranda Merced

COMO UNA RUEDA

Miraste curiosa el rostro de la mujer quien, con actitud desafiante, extendió sobre tu escritorio los documentos que todavía no le habías solicitado: licencia de conducir, certificados de nacimiento, seguro social de ella y de sus hijos, prueba de domicilio, carta y formas de la oficina de desempleo. No faltaba nada. Sin duda, conocía el protocolo. Estaba claro también que se sentía incómoda en tu presencia. La observaste con algún disimulo, sabías la facilidad con la que algunas personas se exasperaban en las oficinas del gobierno, aduciendo prejuicio y maltrato por cualquier comentario, todo con la esperanza de que se aligerara su caso. Te pareció conocida, pero no lo podías asegurar. Probablemente habría venido a solicitar servicio en otras ocasiones, pensaste. Comenzaste a organizar los documentos en un expediente. Podías ver con el rabo del ojo cómo arreglaba las hirsutas trenzas de su cabello. Te detuviste en el nombre, escrito a mano, en la solicitud de ayuda. No podía ser. ¿Con qué probabilidad podrías conocer a dos personas con exactamente el mismo nombre y apellido? Eso sucedía, lo habías visto, pero este caso era diferente. Esta mujer se llamaba igual que la primera supervisora que tuviste en las oficinas de HRS en Orlando. Buscaste rápidamente en los documentos de desempleo. Ya no tenías duda. La mujer que tenías de frente era la misma que te hizo la vida imposible el primer año que viviste en este país. De mirada pétrea, era imposible sacarle una

555555555

sonrisa, aun cuando consiguieras un "buenos días" forzado. Sentías su desprecio hasta cuando no la mirabas. Como una tormenta de relámpagos, vinieron a tu mente el tiempo que te costó conseguir aquel trabajo y cómo se habían agotado tus ahorros mientras tanto; recordaste el tener que soportar los insultos de aquella mujer, en días que te habías quedado sin almuerzo, por asegurar la cena de tus hijos; las veces que fuiste a trabajar ardiendo en fiebre; cómo frente a todos, se mofaba del vestuario que repetías en medio de tu necesidad, la sombra azul que usabas con cualquier ropa porque no tenías otro color, tu cabello teñido de rojo, porque sí, porque te gustaba el rojo y porque era la forma de recordar quién eras, antes de tener que abandonar a tu Isla. Esa mujer, en aquel momento fue sincera con sus intenciones: "ninguna puertorriqueña con papeles falsos soportaría su presión por más de unos meses". Se lo propuso, lograría que se fuera. Fue implacable. No le importó la calidad de tu trabajo; tampoco la ansiedad que te inducía día tras día. Lo consiguió. Luego de rechazar como deficientes tus trabajos en incontables ocasiones, de negarte días libres cuando debías llevar a Tomasito al médico, de sabotear los informes de entrevistas que le rendías, te convenció de que solicitaras un traslado, que fue aprobado por ella misma de inmediato. Sin desearlo, te hizo el gran favor de tu vida. Y cambiaste de trabajo. Por tu gran disposición, preparación académica y excelente desempeño, ascendiste de posición con mucha facilidad hasta llegar a donde estabas: Supervisora de región. No era parte de tus responsabilidades, no hubieras tenido que entrevistarla a ella ni a nadie, si no tuvieras dos de tus empleadas en un seminario. Pero la vida lo había querido así. Ahora estaba en tus manos, la aprobación de una ayuda para la mujer que tantas lágrimas te arrancara, cuando más frágil e insegura te sentías. Sabías que podías atrasar su caso; hacerle más difícil el proceso. Que pagara de alguna forma su discrimen contra ti. Tu mente se apartó de la mujer frente a ti. En su lugar desfilaron los rostros de sus hijos, ahora adolescentes, mientras estudiabas los certificados de nacimiento. Escuchaste la tos nerviosa de la mujer, como si conociera tu conflicto interno. La miraste a los ojos fijamente, como lo habías hecho en el momento de tu renuncia. Adivinaste una angustia tras aquella fachada de soberbia que nunca, ni siquiera en la necesidad, abandonaba. Respiraste hondo y sonreíste, como hicieras cada día de los que sufriste bajo su régimen. Luego de una pausa, que a ambas pareció eterna, te escuchaste sentenciar: *Sra. Johnson, espere un momento en la sala, mientras preparamos sus documentos de aprobación.*

MENTIRAS BLANCAS

Fue como si la muerte misma entrara al excusado. El hedor a sudor y cuerpo sucio se apoderó de la más ínfima molécula de oxígeno. Escuchó que pusieron el seguro de la puerta y luego unos pasos acelerados hacia el área de los lavamanos. No salió a investigar. Acababa de sentarse en el retrete de la tienda de comida rápida, y no podía aguantar la urgencia de orinar. Se sintió algo preocupada por la entrada de esa persona al baño, pero no podía irse así. Optó por soportar el mal olor hasta poder aliviar su vejiga. Una voz femenina se dejó escuchar:

—Hola, soy yo, ¿puedes ponerme a los nenes? Te dije que no me voy, me quedo y te mando el dinero. —Parecía al borde del llanto—. Por favor, ponme a los nenes, después hablamos… ¿Jelou? ¡Beba!, ¿cómo está mi niña querida? No, mi amor, no puedo ir todavía, pero mira, mamá tiene una entrevista de trabajo ya mismo. Sí… es un sitio donde me van a pagar muchos chavitos y te prometo que tan pronto cobre mi primer cheque, te voy a ver… no llores, mi vida, no llores. ¿Cómo?, no, beba, no puedes venir para acá hasta que arregle la casa, tú no quieres dormir en una camita mojada, ¿verdad? escúchame, recuerda lo que te dije, el huracán dañó la cama y hay que comprar tus cositas nuevas. Sí, la cama de Rafito también se rompió, pero eso no es nada, ya mismo compramos todito, no llores, mi vida, ya verás cuán rápido pasa el tiempo y estaremos juntitas, tú, el bebo y yo… Y tití también, mi amor, sí, sí, ellos, tus primos también… mira… ¿y Rafito?, ponme a Rafito, mi cielo… ¿Dormido? No, no lo despiertes, hazme un favor, dale un besito en esos cachetes ricos y dile que mami lo quiere mucho… ahora tengo que enganchar, Dios te bendiga, mi vida.

Un llanto sonoro siguió a una breve pausa. Escuchó el chorro de agua saliendo del grifo, con fuerza, sin interrupción. Se sintió intrusa. El sonido del agua en el lavabo anuló el que ella hizo mientras terminaba de orinar. Se levantó del retrete con rapidez, a la vez que acomodaba su ropa y alcanzaba la cartera enganchada en la puerta. Abrió un poco la puerta del excusado. No se atrevía a salir al área de los lavamanos. Estaba avergonzada de escuchar la conversación y no sabía qué decir. Ya ni le importaba el mal olor que, sin darse cuenta, había ido menguando. Activó el botón para bajar el retrete. Aspiró hondo. Ensayó unas palabras. Arregló un poco su cabello y caminó con soltura hacia el lavabo.

Se detuvo a pasos de la bolsa plástica llena de ropa y de otras cosas tiradas en el suelo. Sintió como un golpe fuerte en el pecho. No pudo decir nada. Mil palabras no hubieran bastado para explicar el verdadero drama. Justo frente al lavamanos, había una mujer joven, desnuda, bañando su cuerpo con el chorro de agua que salía del grifo.

UN DÍA COMÚN

…el cuerpo pertenece a un hombre joven, de unos cinco pies cinco pulgadas, alrededor de 140 libras de peso, no barba, no bigote, no lunares ni marcas observables, piel marrón, pelo crespo, probablemente sudasiático… o latino. Dos policías muy formales, sus brazos cruzados mostrando unos bíceps definidos, uno de ellos con la cabeza del águila calva tatuada en el derecho, la bandera multiestrellada en el izquierdo, custodiaban la escena, mientras un tercero dictaba la información por radio.

A Rosario le costó convencer a sus hijos. Roberto tocaba trompeta y había audicionado para la banda escolar; Pablo no quería mudarse de la Isla, estaba en cuarto año de escuela superior, contaba con tres o cuatro amigos, casi hermanos, y la muchacha más hermosa de la escuela era su novia. A diferencia de la personalidad abierta de Roberto, siempre en busca de aventuras, Pablo era callado, algo tímido y le costaba hacer nuevas amistades. Cambiarse de escuela era algo imposible en su mente, cuánto más lo era mudarse de país. A pesar de que entendía bastante bien el idioma, comenzar desde cero en una cultura diferente lo haría sentir vulnerable, desnudo, perdido, a lo que se sumaba lo difícil que le había sido conquistar a Fernanda.

Los jóvenes rogaron, suplicaron, hubo gritos y lágrimas. Rosario los adoraba, pero estaba segura de que no podía transar en ese asunto. Habían perdido todo por el huracán, la ropa, sus libros, la casa. La pequeña compañía para la cual trabajaba se vio forzada a cerrar operaciones, y no se veía apertura próxima del sistema escolar en la Isla. Rosario les pidió que confiaran en ella. *Probemos un año, después veremos*. Tenía en sus manos, la liquidación de su empleo, suficiente para pagar los pasajes y alquilar una habitación un par de meses, mientras conseguía trabajo. La suerte estaba echada desde antes de la discusión. Aún con el terror que ella misma sentía ante el extraordinario cambio, por el bien de sus hijos, se irían. ¿Por qué Knoxville y no Florida?, preguntaba todo el mundo. No la entendían cuando contestaba que la única familia que conocía en Estados Unidos, unos americanos relacionados con su trabajo anterior, vivía allí.

Ya en el avión, Pablo miraba con el rabillo del ojo a su hermano. No lo había comentado con su madre, tenía un presentimiento terrible respecto a su hermano. *Es un loquito, demasiado atrevido. Voy a tener que velarlo como a un chiquillo*. Sentía un ardor intenso en su pecho, así como en los ojos, de tanto llorar, pero aceptó vivir en casa de los Thompson "solo por unas semanas", en lo que Rosario conseguía trabajo.

Llevaban una semana viviendo en el sótano de los Thompson. Nunca se habían cruzado con la vecina, la americana de mediana edad y complexión robusta. Tal vez no se hubiera cruzado ese día, si su hermano no se hubiera retrasado en el colmado. La angustia se adueñó de Pablo. Temió por su hermano y salió a buscarle. Ella no dudó. Estaba segura de que aquel intruso estaba buscando la oportunidad para cometer un crimen. Pensó en los Thompson y lo ingenuos que eran. Hizo la llamada. *Un merodeador en el vecindario, sin duda un inmigrante ilegal, seguro que está armado y dispuesto a todo*. Estaba muy nerviosa. Lloraba. La policía creía saber quién era el hombre. Le buscaban por múltiples asaltos y sospecha de asesinato. Les constaba que era peligroso. Guárdese en su casa, le informaron a la llorosa ciudadana. Llegaron cuando Pablo corría hacia Roberto. La preocupación fue sustituida por la alegría al verle llegar sano. El oficial ordenó el alto. Pablo los miró asustado. Buscó en su bolsillo por la identificación. Gritaron algo más que no pudo entender. El ardor golpeó otra vez su pecho, esta vez acompañado por una explosión.

No entendía qué había sucedido. Intentaba aclarar quién era, ordenar sus pensamientos. Miraba al cielo desde el suelo ajeno, mientras escuchaba la voz del policía intercambiar palabras por medio del radio. Una pregunta se repetía en la mente "¿Por qué Knoxville?". No podía concentrarse, desde el suelo escuchaba al policía, le pareció que decía:

...el cuerpo pertenece a un hombre joven, de unos cinco pies cinco pulgadas, alrededor de 140 libras de peso, no barba, no bigote, no lunares ni marcas observables, piel marrón, pelo crespo, probablemente sudasiático... o latino.

Héctor Morales-Rosado

EL ABUSADOR

> *"They (puertorricans) don't shoot very straight.*
> *But if they come to you with a knife, beware…"*
> J. Edgar Hoover
> Director de la Oficina Federal de Investigaciones (FBI)
> de los Estados Unidos de Norteamérica

Agapito nunca pudo precisar por qué entró a esa barra en particular. Quizás fue por el anuncio luminoso de *Pabst Blue Ribbon* en la vitrina, el frío descomunal de la calle o el hombre de aspecto latino que, a través del cristal, divisó pulular entre la clientela. Tiene un trasunto de boricua, pensó. No hizo más que poner un pie en el lugar y percibió aquellas miradas cortantes. Coño, parece que a estos gringos no les caigo muy bien, dijo en voz baja. *Speak English, God dammit*!, escuchó a alguien reaccionar a su comentario. ¿*Spik*? Así me llamó el jefe de la factoría, tan pronto fui a buscar trabajo, recordó Agapito. Apresuró el paso maniobrando como pudo entre la gente y el espeso humo de cigarrillo, el olor a cerveza rancia y aquel tropel de gigantes jinchos. Se movió hasta un extremo del mostrador y allí esperó con paciencia a que el barman decidiera atenderlo.

Quizás pasó un par de minutos, a Agapito le parecieron muchos más, antes de que lo atendieran. Un fortachón de aspecto rudo, con orejas de coliflor y cicatrices en las cejas, se dirigió a él en un español ininteligible; ¿*Rum*?, preguntó. Agapito había pensado pedir cerveza, ya que sabía decir *beer*, pero decidió aceptar la sugerencia del hombre y asintió con la cabeza. Con este frío pelú, un palo de ron es lo mejor, pensó. Se tomó el trago de un tirón y de inmediato puso una moneda de veinticinco centavos en el tope del mostrador. O'Reilly lo miró de manera incrédula y en un español atropellado le dijo que eran cincuenta centavos. Agapito quedó como lelo, pero extrajo del bolsillo los únicos dos billetes estrujados de un dólar que llevaba encima y colocó uno de ellos al lado de la moneda. Hizo una seña para que le sirvieran otro trago. Dejó la peseta inicial como propina. Carajo, aquí los palos de ron están a medio peso; en este país si no te mata el frío, te matan con los precios, dijo en un murmullo para que nadie oyera la protesta.

A corta distancia, Johnny "Numbers" observaba de manera divertida las reacciones de Agapito. Este jíbaro está bien crudito, dijo riendo.

—Tú eres puertorro, ¿verdad? —dirigiéndose a Agapito en voz baja y cerca del oído. Luego añadió:

—Aquí no cae bien eso de hablar español, así que trata de hacerte entender con señas.

—¿Qué?, pues no pienso hablar en señas porque no soy mudo; y sí, soy de Maricao, de Montoso —contestó Agapito con una indignación fingida.

Ambos hombres se rieron.

A pesar del intenso ruido, Agapito y Johnny lograron entenderse en cuchicheos. Al poco tiempo parecían íntimos amigos. Resultó que Johnny "Numbers", que su verdadero nombre era Juan Rodríguez, aunque se jactaba ser de Santurce, *mano soy de la losa*, decía, era nacido y criado en Orocovis. Su experiencia en San Juan consistió en que residió, menos de dos años, en la barriada el Fanguito de Santurce. Johnny relató, con orgullo, de cómo tan pronto llegó a Nueva York, hacía unos seis años, consiguió trabajo en una banca clandestina de venta de números; de ahí el apodo. *La banca es de un negro de Harlem, y aunque los prietos tampoco nos quieren mucho, nos necesitan para venderle la suerte a los blancos; es que los blancos no los quieren dentro de sus barras, pero a nosotros sí. Ni me preguntes por qué, así es como se bate el cobre en esta selva*, sentenció Johnny. Cuando Agapito le dijo que apenas llevaba un mes en Nueva York, pero que se la pasaba metido en el cuarto por el frío, Johnny quedó sorprendido del atrevimiento de su compatriota. *Mano, tú eres o muy bravo o muy loco, porque aquí, ser boricua y andar solo por la Quinta Avenida es peligroso y eso debiste haberlo sabido desde el saque*; Johnny le hablaba con cierto temor y siempre mirando de lado a lado. Entonces, en un acto de patriotismo, decidió tomarse la misión de darle un curso intensivo sobre los pormenores de cómo sobrevivir en la Babel de Hierro. Tres tragos después, ya Agapito había aprendido bastante de la sociología callejera neoyorkina, esto, según las estipulaciones de su nuevo "maestro": Johnny "Numbers". Aparte de no poder hablar español en las barras de los blancos, Johnny le recalcó que ni se le ocurriera mirar directamente a los ojos a un gringo, menos aún, emborracharse en una barra de irlandeses o italianos y que nunca, pero nunca, dijera "I don't speak English". Le aconsejó que lo más sabio y recomendable era mantenerse en el "Barrio", con su gente. *Ahí es como estar en Puerto Rico, se juega bolita, dominó, hay peleas de gallos, se consigue ñame y yautía y, lo mejor, ron Llave y Palo Viejo, y siempre hay pitorro*, le comentó eufórico, Johnny.

—¿Qué tú crees si el domingo nos vemos en la bodega de don Chago?, debes saber quién es él porque a ese don to' el mundo lo conoce —dijo Johnny.

—Buena idea. Y sí, conozco a ese señor; es todo un caballero. Don Chago es el que le alquila el apartamento a mi tía abuela, en donde me estoy quedando por ahora. La pobre vieja enviudó hace poco, está sola y medio turuleca. Se la pasa confundiéndome con su difunto marido, y eso me está causando problemas, especialmente en las noches... —ambos hombres soltaron una carcajada, aunque de esas aguantadas para no llamar la atención.

—Bróder, te voy a dejar por ahora; tengo que bregar, ya tú sabes... —Johnny se despidió y se perdió en medio de la muchedumbre de beodos, ofreciendo sus números casi a viva voz.

—*Numbers, numbers*.

Agapito tuvo una buena impresión de Johnny, a pesar de su ocupación algo nebulosa; *total, es lo mismo que hace el compay Julio, el bolitero, allá en Montoso*, pensó. Terminó de tomarse el trago que Johnny le dejó pagado. De momento, comenzó a sentirse mareado; *hora de irme*, murmuró. La puerta de salida le pareció estar como a una milla de donde se encontraba. Intentó localizar a su nuevo amigo, con la esperanza de que lo acompañara a cruzar aquella muralla de irlandeses borrachos, pero este estaba inmerso en sus asuntos de contaduría. *Mejor lo dejo tranquilo*, pensó. Por suerte, había aprendido a decir "excuse me, please", y comenzó a abrirse paso repitiendo la frase como un mantra.

Agapito se movía como un autómata. El reloj, ubicado encima del espejo detrás de la barra, marcaba las seis. *Coño, las seis de la tarde y afuera parece que son las nueve de la noche... en este jodío país todo es al revés*, pensó.

No pudo evitar que su mente se remontara a un pasado que una vez le pareció insoportable, pero que en ese momento empezó a añorar. Volvió a ver a su madre, envejecida y escuálida, moliendo café, a Adolfina con su sensual caderamen y preñada, como de costumbre, con el quinto muchacho. *Ojalá y sea otro macho, tres chancletas son suficientes*. Se vio comiendo marota con café puya, mientras repartía pequeñas porciones de funche a su prole, para aplacarles el hambre que a diario les abrumaba; los vio casi desnudos en un correteo que hacía crujir los tablones de maderas podridas de la casa. Se vio en la estéril búsqueda de trabajo, volvió a sentir los estragos del paludismo y la "bilharzia"; y se vio llorar la muerte de su padre por la tuberculosis. *Había que salir de allí; buscar vida más allá de la montaña, más allá del arrabal, más allá del mar…*

Una vez cerca del umbral de la puerta, Agapito expresó su lamento.

—Total, y ahora estoy aquí, solo, friolento y pagando tragos a medio peso; yo creo que esta mierda va a ser peor —entre la borrachera y la angustia, Agapito no se percató que hablaba en voz alta.

—*Get the fuck out of here, you lousy spik*! —el insulto resonó a través de todo el establecimiento. Un silencio absoluto inundó el lugar.

El vozarrón de insultos sacó a Agapito de su trance nostálgico. En vez de salir del lugar, dio la vuelta como si quisiera saber de dónde había salido la estruendosa voz. Se encontró frente a un robusto pecho que le pareció ser una especie de gorila blanco, que desquiciado, rabiaba y maldecía en inglés. Alzó la mirada hasta que se topó con los ojos azules desorbitados del individuo. Agapito, con toda intención, le sostuvo la mirada por varios segundos, encogió los hombros, sonrió de manera sarcástica y dijo:

—*No espikin inglich* —se volteó y abrió la puerta de cristal para salir a la calle.

Lo próximo que Agapito vio, al abrir los ojos, fue el mugriento piso de detrás del mostrador y a O'Reilly, el tabernero, pateándolo de manera inmisericorde, mientras soltaba diatribas de injurias anglosajonas.

Segundos antes, el americano forzudo había agarrado a Agapito por el cuello y lo había lanzado, como si fuese un muñeco de trapo, detrás del mostrador de la barra. O'Reilly enfureció cuando se encontró con Agapito grotescamente desparramado en un territorio prohibido para los clientes, y más aún para un latino. A su juicio, el puertorriqueño, por insolente, había provocado la reyerta y como escarmiento, decidió unirse a la golpiza. Agapito nunca se quejó, solo hacía intentos vanos de bloquear el raudal de puntapiés. Inexplicablemente logró incorporarse e intentó huir, pero ya no tenía fuerzas. De soslayo, con su cara ensangrentada y con dolor insoportable en las costillas, alcanzó a ver a Johnny, asustado, saliendo desmandado del negocio. En ese instante perdió el conocimiento.

Cuando Agapito despertó se encontró con la cara de Suncha que le acariciaba tiernamente la mano; de reojo vio a una enfermera que le cambiaba el suero.

—¿Qué pasó?, ¿cómo llegué aquí? —preguntó Agapito desorientado.

—¡Ay!, Carmelo, yo creo que te pusiste malo… —le contestó Suncha.

—Tía, Carmelo está muerto… soy Agapito, trata de recordar… —dijo Agapito balbuceando, casi sin poder hablar.

La enfermera, sin mirarlo, en un español perfecto, le informó que alguien lo había dejado hace dos días frente a la puerta de la sala de emergencia del hospital. Aparentemente, también había avisado a un tal don Chago que, a su vez, trajo a la señora. *¡Ah!, y está vivo de milagro, porque le dieron hasta dentro del pelo*, añadió. Antes de que ella saliera de la sala de trauma, le aseguró a Agapito que el médico lo vería pronto.

Al día siguiente, el médico no se había aparecido, aunque la misma enfermera insistía en confirmarle que el galeno vendría a verlo; *ten fe, muchacho*, le decía. Mientras las tres costillas, poco a poco, se iban sanando, Agapito subsistía solo a base de unas pastillas verdes para el dolor, que la enfermera Figueroa le traía cada cuatro horas. Como no soportaba la comida del hospital, Suncha le llevaba a diario un caldo de pichón de paloma, *porque Carmelo, yo sé cómo te gusta el caldito que siempre te hago*.

A la semana siguiente, el médico, que nunca lo atendió, le dio de alta. Al salir, lo primero que hizo fue buscar a Johnny. Este le contó que la noche del incidente siguió a O'Reilly y a otro individuo; vio desde que lo metieron en el baúl de un auto hasta que lo arrojaron en un contenedor de basura cerca de un negocio del "Barrio". *Creo que te dieron por muerto.* Relató que, con la ayuda de unos amigos, logró rescatarlo de la basura y llevarlo al hospital. *Tuvimos que dejarte y salir rápido, porque aquí si eres puertorro, la policía ni pregunta; te meten pa' dentro y botan la llave... y caer preso en las "Tumbas" está del carajo*, le dijo Johnny. Agapito le dio las gracias y dijo:

—Mira Johnny, yo me voy de este país, pero antes quiero el desquite.

—Chico, olvídate de eso; búscate otro trabajo, aquí hay mil factorías, te mudas a un "Project" y ya. No te compliques la vida, bróder, porque...

Agapito, levantó la mano en señal de basta, interrumpiéndolo dijo:

—Tan pronto me sienta fuerte, me le voy a presentar a la barra del irlandés ese; ya te avisaré con tiempo. Si no me quieres ayudar, no hay problema, pero si decides darme la mano, reúnes cinco o seis de los muchachos, pero de los que tengan cría, para que me acompañen. Esta vez voy hacer que el cabrón de O'Reilly pague.

Johnny, sorprendido por la actitud de Agapito, le dijo:

—No imaginaba que fueras un jíbaro tan *castao'*, déjame ver qué hago...

Dos semanas más tarde, O'Reilly, como de costumbre, abrió la barra temprano en la tarde para limpiar antes de que sus clientes habituales comenzaran a llegar. De pronto, el tabernero irlandés se sorprendió al ver a una mini turba de puertorriqueños que entraban a su negocio. Supo de inmediato que algo se traían entre manos.

O'Reilly llevaba diez años en el negocio y había estado otros veinte batallando en el ring. Aunque su carrera en el boxeo fue una discreta, tuvo algunos momentos memorables. En esta etapa de su vida, como dueño de una taberna, se conformaba con entretener a los clientes haciéndoles cuentos exagerados de sus faenas pugilísticas. Contaba hasta la saciedad la vez que iba ganándole, por puntos, a Joe Louis, *"hasta que ese negro cabrón me alcanzó, justo en la mandíbula, con un "upper" de izquierda que nunca vi venir; caí fulminado a finales del cuarto asalto; es cierto que siempre tuve problemas para pelear con los zurdos y aunque Louis era derecho… me sorprendió con aquel golpe que vino del lado probibido… claro, estoy casi seguro de que mi entrenador, un maldito judío, por algunos dólares me echó algo en la botella de agua para atontarme".*

El cuento de la "pelea" con Louis ya se había convertido en un tema obligado cada vez que O'Reilly empinaba el codo. Sus clientes se lo celebraban con bombos, aunque todos sabían que la mayor parte de sus cuentos eran fantasías de las borracheras del irlandés.

O'Reilly sonrió al ver a la pandilla de boricuas y pensó: a mí no me amedrentan con facilidad. Envalentonado, murmuró, *el día que un grupo de esta basura latina me asuste, ese día dejo de ser Jack O'Reilly, y ellos no saben lo que yo sé: Cuando los puertorriqueños andan en grupo son unos cobardes.* Se sirvió un *whisky* doble y se lo tomó de un golpe. *Es tiempo de usar el pacificador,* pensó riendo.

El tabernero salió del mostrador con el bate de béisbol en la mano, autografiado por Ty Cobb. Entonces, O'Reilly, dirigiéndose al grupo y hablando en inglés, aunque salpicó una que otra palabra en español dijo:

—Es una pena que tenga que romper este bate tan valioso en el culo de basura puertorriqueña, pero sé que Cobb, que también los odia, me lo perdonaría.

De inmediato, blandió el bate y dio un golpetazo fortísimo en el mostrador que hizo vibrar las mesas y los paneles de las paredes. El estruendo hizo que los boricuas se paralizaran. Johnny, que fue el primero en entrar al negocio junto a Agapito, miró a la mini ganga y dijo:

—Miren, mejor vámonos de aquí porque esto no va a ser fácil —entonces miró a Agapito— lo siento mucho, bróder, pero el riesgo es alto y la cárcel segura —bajó la cabeza, y con la mano dio una orden muda al grupo. Como si estuviesen en común preacuerdo, todos, menos Agapito, salieron del negocio apresurados.

O'Reilly dejó el bate en el tope de la barra, se acercó a Agapito, y sin mediar palabra, lo abofeteó con tal fuerza que lo hizo caer de nalgas. En un español perfecto le dijo:

—Si regresas, te mato.

Unos días después del conato de venganza, don Chago tuvo que prestarle dinero a Agapito para el pasaje y se ofreció a llevarlo al aeropuerto.

—Muchacho, piensa bien lo que vas hacer; lo que te pasó, te lo buscaste y punto. Ya aprenderás a sobrevivir, no es tan malo como parece. Tienes un buen trabajito en la fábrica del judío y en par de años, si ahorras, puedes mandar a buscar a los tuyos. No eches a perder tu futuro por orgullo…

Don Chago, que le había tomado un cariño especial a Agapito, le hablaba como si fuera su padre.

—Gracias, don Chago, pero la decisión está hecha. ¿Recuerda la carta de Adolfina que usted me llevó al hospital? Resulta que consiguió trabajo en una fábrica de ropa que abrieron hace poco en Mayagüez; hasta preñá la cogieron. También me dijo que el líder de barrio le aseguró que pronto llevarían luz eléctrica al barrio y que ya estaban trabajado en una tubería para también llevar agua a las casas, ¿se imagina, luz y agua en Montoso? Yo nunca le creí a aquel hombre que nos habló hace unos años atrás; parece que cumplió su promesa. Las cosas están cambiando en la isla…

—¡Ah!, ese es el Vate, el hijo del gran Muñoz Rivera… pues si sale como el padre…

—¿El bate? ¡Ay, don Chago, no me hable de bates..! aunque el hombre no me tenía cara de pelotero, era alto… —Agapito frunció el ceño y se rascaba la cabeza en señal de confusión.

Don Chago soltó una carcajada sonora.

—Muchacho, muchacho… es "v-a-t-e", ¡eso quiere decir poeta!

—¡Ah!, entonces, sí, porque hablaba bonito —ambos rieron.

Agapito, en tono más serio, dijo:

—Don Chago, en cuanto al dinero que le pedí, sería un préstamo, yo…

—No te preocupes por los chavos, me los envías cuando puedas. En cuanto a Suncha, ya encontraré quien la cuide. Siempre aparece alguien para ayudar—, le dijo.

—Y a veces no aparecen… pero se lo agradezco —contestó Agapito.

A los pocos días, con la misma maleta raída que trajo de la Isla, Agapito subió a la guagua Ford de don Chago. En camino al aeropuerto, le pidió a don Chago que se detuviera en una tienda de efectos deportivos, para llevarles algo a lo nenes. Al llegar a la tienda, se dirigió al departamento de efectos deportivos; compró una cuchilla curva, la más grande que encontró, y una sudadera azul marino que leía en letras blancas NY YANKEES. Regresó al auto con los dos artículos dentro de una bolsa de papel de estraza; *compré algunos recordatorios*, le dijo a don Chago.

Cuando transitaban por la Quinta Avenida, Agapito solicitó otro favor:

—Necesito su ayuda, otra vez y perdone; ¿me podría dejar por aquí? Es que muy cerca vive un compañero de la fábrica y quiero despedirme de él. Estaciónese en esa calle y espéreme; será bien rapidito —don Chago le contestó con un claro que sí.

O'Reilly, inmerso en su rutina diaria, acomodaba botellas de cervezas en la nevera bajo el mostrador. De pronto, escuchó que alguien abrió la puerta de entrada. Levantó la cabeza. Se encontró con Agapito que ahora llevaba puesta una sudadera de los Yankees.

Estos tipos son más raros que los negros, ahora este quiere ser yanqui; voy a tener que matar al hijo de puta, pensó.

El irlandés, agarró el bate de Ty Cobb que colgaba en la pared y, lentamente se fue acercando al inesperado visitante que permanecía impávido, quieto y con la mano derecha escondida detrás de las espaldas, mientras la otra permanecía paralela junto al muslo. La mirada de Agapito era precisa, clavada en el corpulento tabernero. O'Reilly levantó el bate muy alto, más arriba de su cabeza, para asegurar que el golpe fuese lo más devastador posible, mientras, miraba fijamente la mano que Agapito mantenía escondida. De súbito aceleró el paso, casi corriendo, profiriendo insultos se abalanzó con saña hacia Agapito. Pero antes de que pudiera asestar el batazo mortal, sintió una hincada penetrante en el lado inferior de la oreja derecha que le cercenó la yugular; la navaja continuó por el pecho y le abrió el protuberante estómago hasta el ombligo. O'Reilly ni se enteró de lo que había pasado hasta que sintió el calor de su sangre salir a borbotones; *el tipo es zurdo*, fue lo único que pensó. Soltó el bate para agarrarse el cuello y el vientre en un intento vano de detener la hemorragia; trató de gritar, pero no pudo. Lo último que vieron los ojos desorbitados de O'Reilly, antes de que cayera de bruces, fueron sus intestinos desparramándose en el piso y al flacucho puertorriqueño con la cuchilla curva ensangrentada en la mano izquierda. Agapito se arrodilló al lado del moribundo y susurrándole al oído le dijo:

—Antes de recoger café, corté caña… y no lo digo para que me entiendas, sino para que las últimas palabras que escuches antes de morir sean en español.

Agapito permaneció inmóvil por unos segundos. Esperaba oír gritos, ver la policía, sentir las patadas, el arresto, pero nada; miró a su alrededor, pero un silencio apropiadamente sepulcral invadía el lugar. Solo se escuchaba a O'Reilly, que yacía boca bajo en un negruzco charco de sangre, aplastando sus intestinos y emitía un ronco estertor gutural de muerte. Agapito cerró la cuchilla, caminó lento hasta el servicio sanitario, se lavó las manos y la cara. Se quitó la sudadera manchada de sangre y la metió, junto con la curva, en la bolsa de papel de estraza que tenía guardada en el bolsillo. Cuando se dirigía hacia la salida, vio el cuerpo de O'Reilly y le pasó por encima, cuidándose de no pisar la sangre. Se asombró de no sentir ninguna emoción; después de todo, acababa de matar a un hombre; algo que nunca había hecho. Entonces recordó a otro gran hombre, Pedro Albizu Campos, que fue a su barrio, cuando él era muy niño. Era un político, de esos pocos que irradian honestidad; era bajito, trigueño, delgado y con un pequeño bigote. Lo que dijo en su discurso aquel día le vino a la memoria, "...*no somos pequeños, es que estamos de rodillas*".

Agapito pensó que era una casualidad que él, de adulto, tuviese un parecido físico a don Pedro.

—Curioso, pero hoy es que entiendo sus palabras —dijo entre dientes.

Agapito salió de la taberna con una tranquilidad pasmosa. En la primera alcantarilla que vio se deshizo de la bolsa. Don Chago, que lo esperaba en el auto en la calle lateral cercana, le preguntó, ¿te despediste del señor?

—Sí, para siempre. Vámonos para el aeropuerto, antes de que me deje el avión.

OTRO ABUSO Noticia

(Prensa Latina, New York, por Francis Valentine) El cuerpo del comerciante Jack O'Reilly, dueño del O'Reilly's Irish Pub, fue hallado sin vida ayer, temprano en la tarde. El conocido negocio, ubicado entre la 5ta. Avenida y la calle 51, es muy popular entre la comunidad irlandesa. El informe policíaco indica que, O'Reilly, un ex púgil de la década pasada que alegaba haberse medido a Joe Louis, el Brown Bomber, fue asesinado por un desconocido que le infligió una descomunal herida que prácticamente lo abrió desde la cara hasta el vientre. Expertos en criminología aseguran que, al momento, a pesar de no tener sospechosos, el asesino tendría que haber sido un experto en el manejo de las armas blancas. Vecinos y clientes del Pub, en su mayoría de la comunidad irlandesa, sospechan que el autor de tan horrible acto apunta a uno o más miembros de la comunidad puertorriqueña, debido a la reputación de estos en el manejo de cuchillos de todo tipo y que, además, en días pasados, habían notado a un grupo de hombres, aparentemente latinos, merodear cerca del negocio. El móvil del crimen aún se desconoce ya que ni las pertenencias del occiso ni el dinero de la caja registradora del negocio fueron hurtados. La policía solicitó cooperación de la comunidad latina para atrapar al abusador que había perpetrado tan horrendo crimen.

NOSTALGIAS

La vi tan pronto entré al pub. Estaba sola y por el constante movimiento de sus labios, presumí que hacía varios intentos de entablar una conversación con el barman, que, por sus gestos corporales, era obvio que no tenía interés alguno en hablar con ella. De vez en cuando asentía con la cabeza, pero se dedicaba más a ordenar las botellas de licor o limpiar el mostrador de la barra. Pablito, que llevaba más de una década como tabernero del pub, no había cambiado mucho desde la última vez que compartimos (aunque su abundante cabellera había menguado bastante). Lo que me extrañó fue que, como usualmente acostumbraba, no estuviese flirteando con la cliente, porque era innegable que ella lucía fenomenal, es más, yo diría que estaba buenísima.

Me acerqué a la barra y lo saludé; se alegró al verme. Estrechó mi mano con efusividad y salió con un ¡*coño, hacía tiempo que no te veía*! Por un rato intercambiamos anécdotas de otros tiempos. Decidí sentarme cerca de la mujer, aunque dejé un asiento de por medio, porque aún me quedaban los resabios de la pandemia. Ella suspendió el parloteo desde el momento que me vio acercarme para hablar con Pablito. Muy seria, me dio una mirada desinteresada. Pablito, sin que yo se lo pidiera, me preparó un vodka Bols con agua Perrier y limón; él recordaba mi bebida favorita. A pesar de que estaba fuera de práctica en mis lides de conquistador, reuní valor y, manteniendo la distancia, decidí invitar a la mujer a una copa de vino; presumí que era la bebida que tomaba, al notar una copa con residuos de un tinto frente a ella. Esta vez, me miró con mayor interés y sonriendo, habló por primera vez desde que me acerqué a la barra:

—*Not wine... but a shot of cognac will be fine.*

¿Coñac? Ahora sí me jodí, tras americana también buscona, pensé. Forcé una sonrisa y le hice una señal a Pablito para que se lo sirviera.

—*Courvoisier, please* —dijo, con un recién adquirido aire de sofisticación que no tenía cuando entré.

Definitivamente, me jodí, pidió el más caro.

Los divorcios son devastadores, para ambas partes. Claro, cuando hay infidelidad de por medio, se podría pensar que la parte que es infiel sufre menos. Soy de los que piensa que de una manera u otra, tarde o temprano, ambos sufren por igual; sin importar las causas de la separación. Ese no había sido mi caso; cuando me divorcié fue por puro desgaste. El tiempo hace estragos en una relación cuando no se le cuida y en ocasiones, aun a pesar de los cuidos. Me dediqué a ella y al trabajo… quizás demasiado al trabajo. Margarita y yo nos separamos sin importar que entre nosotros aún había amor, y del bueno. Cosas inexplicables de la vida.

Estuve más de un mes de luto, honrando la pérdida de mi matrimonio de quince años. Durante ese tiempo me abstuve de mis salidas y de los festejos con amistades. Después de la separación, me encerré en el apartamento dándome atracones de comida chatarra y me obsesioné viendo series inconsecuentes de televisión por horas muertas, incluyendo el *show* del mediodía (más patético que eso, nada). En ese tiempo llegó la nefasta pandemia. A pesar de que resistí a someterme a la dichosa vacuna, por no sucumbir a los intereses corporativos de las farmacéuticas; por culpa de mi maldita responsabilidad cívica, finalmente me vacuné. Metí a mi cuerpo una substancia química sin saber qué centellas era. Lo único "positivo" de todo el evento fue que, por lo menos, la pandemia me sirvió como la perfecta excusa para justificar y prolongar mi autoexilio, y no tener que achacárselo a mi depresión. Mi tortura mayor era que no podía arrancarme a Margarita de la mente o como me dijera un amigo que encontré en el centro de vacunación: *lo que tienes es un grave ataque de cuernos*. Además, para acabar de fastidiarme, me dijo que vio a Margarita cenando con otro en La Bombonera, nuestro restaurante favorito. Por la descripción que me dio del individuo, intuí que era su ginecólogo… obvio. Era cierto, ¡tenía un ataque de cuernos!

Tan pronto llegó la época navideña, decidí que ya era el tiempo indicado de salir de mi enclaustramiento y cortar de raíz mis fatuas ilusiones de regresar a lo que ya había dejado. Tenía que aceptar que cuando opté por partir de la relación, para los efectos, era como si hubiese emigrado hacia el extranjero. Mi vida había cambiado y punto.

Me dio por revivir y afinar mis antiguas destrezas de cazador nocturno. ¿Por qué se me ocurrió?, nunca lo sabré; quizás fue por la perspectiva de tener que recomenzar una obligada vida de soltero o ¿quién sabe? A lo mejor iba en busca de un paliativo que sustituyera mi mansedumbre existencial. ¿Saca un clavo otro clavo? Haber estado tanto tiempo como esposo fiel me había enmohecido las prácticas mundanas de conquistas. Claro, al lanzarme a la calle, de inmediato caí en cuenta de que las chicas de hoy (las que creí serían presas fáciles) eran mucho más diestras que los hombres en esos menesteres del "one night stand". Después de varios intentos de conquistas, todas fallidas, opté por visitar mi antiguo lugar de farras, con la suerte de encontrarme con esa rubia despampanante, sola y, al parecer, en busca de alguien dispuesto a intercambiar historias o, por lo menos, a pagarle tragos de coñac… y del caro.

Decidí ofrecerme de voluntario...

La sonrisa y la invitación al trago de coñac (intuí que serían varios más) me ganó el derecho de sentarme al lado de Ivonne, que así dijo llamarse. Resultó ser que, después de todo, no era gringa, sino *nuyorican*. Comenzamos una conversación, aunque más bien fue un monólogo porque la chica hablaba hasta por los codos y para colmo la perorata era en *spanglish*. Por mi parte, le conté brevemente algo de mi vida, solo lo básico para impresionar. Primero, que era divorciado, eso siempre allanaba el terreno y, para fertilizarlo aún más, que era ingeniero y dueño de una compañía de equipos electrónicos. Le hablé con la verdad. Aprendí hace mucho que mentir en este tipo de cosas acelera las complicaciones que, invariablemente, se convierten en una especie de nudo gordiano. Luego, uno tiene que romperse la cabeza para deshilvanar las interminables madejas de falsedades y medias verdades... y eso resulta ser muy engorroso. No sé por qué, pero de una manera u otra, en el momento que decidí no mentirle a Ivonne, que total era una extraña, volví a recordar a Margarita, coño, todavía la quiero…

La táctica dio resultado. Ivonne, al escuchar mi currículo de vida, cruzó las piernas de la manera más sensual posible y ocasionó que la minifalda roja se le subiera a la mitad del muslo. Entonces, hizo un pucherito a lo francés, juntó sus labios carnosos que combinaban perfectamente con la falda, se dobló un poco para mostrar el nacimiento de los senos y en un susurro sensual me dijo:

—¿Me invitas *to another drink*?

La verborrea de Ivonne era interminable. No cesaba de hablar de las maravillas de Nueva York, de lo inmenso del Empire State, que nada había sido tan emocionante como el antiguo Coney Island, que definitivamente Broadway era el centro del mundo, que lloraba al pensar en las Torres Gemelas y que no existía sensación más sublime que ver a Manhattan desde lo alto de la Estatua de la Libertad. Para colmo, siempre aprovechaba en recalcar su inconformidad con todo lo relacionado a la Isla, especialmente lo intolerable que era pasar unas navidades bajo nuestro *infernal heat*...

—Es que yo *miss so much* la nieve —decía.

Mientras, Pablito, desde un lugar estratégico, me hacía burlas y casi explotaba por la risa contenida. Entendí el porqué él rehuía la conversación con Ivonne. Por mi parte, resistía a darme por vencido.

Después de todo, Ivonne era guapísima y mi dieta de abstinencia sexual, que ya parecía eterna, me motivaba a convencerla para llevármela de allí; todo esto, a pesar de su inexorable diarrea bucal. Además, decidí que tendría que ser hoy, pues seguramente estaría en la Isla de vacaciones y pronto tendría que regresar a su adorada metrópolis.

Luego de una hora y seis Courvoisiers, Ivonne continuaba más parlanchina que nunca, a pesar de tener la lengua pesada. Sus discursos desmesurados ya eran más incoherentes. Pablito y yo (me imagino que varios clientes también) solo descansábamos de su ataque inmisericorde, al oído y a la paciencia, cuando ella salía a fumar. Fue en uno de esos primeros momentos que aproveché para pedirle a Pablito que me aguara los tragos de vodka. Me preparaba para dar la estocada.

Por primera vez, y después de ensayarlo mentalmente durante los últimos veinte minutos de "conversación" con Ivonne, me lancé al ruedo:

—*Why don't we get out of here and go to a more private place?* —le dije en mi inglés boricua, que traducido al español libremente es, "vámonos para un motel...".

La invitación, a irnos a un lugar más "privado", surtió efecto. Ivonne me miró sorprendida por mi "dominio" de la lengua anglosajona. En español, con un acento muy puertorriqueño, me contestó:

—Bueno, *mi'jo*, ya era tiempo...

Opté por ir al Flamingo, era el motel más cerca de San Juan. Nada lujoso, es más, calificaba como ratonera de cantazo; pero después de todo, Ivonne se encontraba casi en la dimensión desconocida y no estaría pendiente al ornato del lugar. La verdad era que mi cartera menguaba, gracias a la hemorragia de Courvoisiers que me costaron cuatro veces más que mis anémicos tragos de vodka y no pensaba pagar en un motel con mi tarjeta de crédito. No me considero tacaño, por el contrario, soy un botarate irremediable, pero un lado oscuro de mi ser quería desquitarse por la noche insufrible que me había hecho pasar Ivonne; no creí que se mereciera un hotel cinco estrellas, además, para ser sincero, no tenía planes de extender la relación con aquella turista parlanchina más allá de esa noche.

Los quince minutos de viaje fueron acaparados por Ivonne, en un cotorreo inacabable de cómo añoraba patinar en la pista de hielo del Rockefeller Center bajo las luces del gigantesco pino navideño. Por mi parte, nunca reconcilié la idea de que alguien cortara tan magnífico y colosal espécimen para simplemente adornarlo con luces y guirnaldas, solo para conformar tradiciones absurdas.

La experiencia amorosa fue fenomenal. Ivonne se desempeñó excepcionalmente, aunque como de costumbre, habló sin cesar; por lo menos, esta vez los temas fueron súper eróticos y extremadamente imaginativos. Por mi parte, me desempeñé como todo un macho cabrío. Estaba plenamente convencido de que había cumplido a cabalidad con mi deber ministerial de macharrán puertorriqueño de pura cepa. Por aquello de participar en las desgastadas costumbres post sexuales, acompañé a Ivonne a fumar un cigarrillo, a pesar de que hacía años no tocaba un Winston.

Inevitablemente, la conversación giró alrededor de nuestra recién experiencia amorosa. A Ivonne se le había neutralizado bastante la turca; al parecer, el tejemaneje amatorio hizo que se recuperara en tiempo récord. La chica tiene aguante, pensé.

—¿Cómo te estuvo la experiencia? —pregunté, en un regodeo de amador consuetudinario, de seguro que la contestación sería "fantástica", por lo menos, eso pensé.

—*It was okay...* —me dijo mientras soltaba espirales de humo.

—¿Solo *okey*? —insistí, imprudentemente acomplejado.

—¡No te sientas *bad*, pero es que una vez estuve con este "italian guy" en Brooklyn... *and it was the best ever*! .

O sea, la cabrona se bebió un Orinoco del mejor coñac, que yo pagué, le aguanté toda una noche de cháchara agobiante, le hice el amor a todo dar (como lo hacía en los tiempos en que conocí a

Margarita), ¿y me dice que solo había estado "okey"? ¡Encima de eso, sale con el cuentito de que un *condenao'* italiano se lo había hecho mejor que nadie!

De momento tuve un impulso de dejarla a pie en el motel y no sé qué otras cosas más, pero me contuve; necesitaba creer que mi lado bueno era más grande que el oscuro. Además, yo me lo busqué, bueno que me pase. En ese instante, me vino a la mente Margarita. Total, si mientras Ivonne hablaba, ni caso le hacía... Margarita siempre se las arreglaba para aparecer en mi mente, ¿sentido de culpabilidad? Sabía que aún la quería y quizás, quién sabe, ella también. Si no hubiese sido por su orgullo feroz y mi testarudez, pero ahora, a llorar pa' maternidad... ¡Maldito ginecólogo!

No hablé mientras nos vestíamos. Ivonne, al parecer, no se había enterado de mi malestar y continuaba como si nada, con sus historietas neoyorquinas, esta vez, de lo eficiente que era el subway. En el auto, camino al pub, donde pidió que la dejara, rompí mi silencio por primera vez en casi media hora.

—¿Cuándo regresas a Nueva York?

—¿Regresar? No tengo nada que buscar por allá, solo recuerdos... hace veinte años que vivo aquí —dijo, mientras masticaba chicle y hablaba en un español como si nunca hubiese salido de la Isla. Me quedé como lelo por varios segundos. ¿Estaría loco?

—¿Y por qué tanto inglés? —pregunté aún sin salir de mi asombro.

—Nostalgias de una vida maravillosa que tuve en la gran manzana desde los diez años hasta que cumplí los dieciocho. Un mes después de mi cumpleaños, tuvimos que regresar a la Isla; *you know*, mi padre ya no podía con los tres trabajos y el frío agravaba la artritis de mami. Nos regresamos a Naranjito a sembrar plátanos; *that really sucked*. Tan pronto pude, me largué del campo. Cuando llegué a San Juan, me di cuenta de que si hablas inglés sin acento latino, las personas, aunque lo resientan, te ven de una manera distinta. Te respetan más y piensan, *don't know why*, que eres más inteligente. Comencé a sentirme, aún entre profesionales, como alguien especial. Además del inglés, me ayudó mi manera de ser, bien neoyorquina, *you know*, la que manda y va, la que no le soporta pendejaces a nadie; esa actitud me ayudó a conseguir trabajo. Soy la supervisora clerical de un bufete de abogados en el Condado y gano un buen sueldo. No está mal para una chica con un cuarto año de la "Arturo Alfonso Schomburg High School" del Bronx. Pero con todo y eso, por más que trato, no logro sacar a New York del corazón, quizás es que tampoco quiero. Allá fui muy feliz y me hizo ser quien soy, pero fue en la Isla que me casé y me divorcié... el *son of a bitch* ese se desapareció; por los niuyores debe estar. Tuve una hija, que es mi todo; ella, preciosa como la madre —se ríe—, estudia en la universidad. Tengo que luchar sola para echarla *pa*'alante. Solo me falta encontrar a alguien bueno, que me quiera de verdad; hasta la fecha, *no luck there; you know*... —Ivonne pausó, encendió un cigarrillo y con una carita de yo no fui, me preguntó:

—*Will I see you again*?

Desde el instante que la escuché contar su historia, cambié la percepción que tenía de ella. Resultó ser una mujer luchadora, incansable, esperanzada, aun con su síndrome de cotorra parlanchina. Había que reconocer que era una mujer como pocas. Pero a la vez, el sentimiento de abandono que supuraba me hizo sentir lástima por ella; ¿que cuándo me verá otra vez? Sentí su fragilidad emocional; no era ni de aquí, ni de allá. Solo una inmigrante más, pero a la inversa y por partida doble; lo peor era que insistía en idealizar y glorificar los ocho trapos de años que vivió en Nueva York. Sin embargo, me impactó aquella palabra: "Nostalgia." Comprendí que los momentos más felices de la vida de esa mujer fueron aquellos ocho años que todavía añora. Concluí que después de todo, ambos compartíamos un sentimiento similar y que yo también inmigraba de una existencia que idealizaba. ¿Seré otro más que vivirá dando tumbos con la improbable esperanza de regresar? Sin quitar los ojos de la carretera le dije:

—Te llamo —mentí.

—Sí, claro... *I know* —me contestó. Encendió otro cigarrillo mientras miraba por la ventana del auto las siluetas del paisaje oscuro de la carretera. En el aire se deshacían las volutas de humo.

EL ENCUENTRO

Don Gervasio no lo creyó al recibir la noticia. Tantos años de espera y por fin se convirtió en abuelo de unos gemelos, varón y hembra, la parejita. Después de todo, Martita no me salió machorra, exclamó emocionado. Marta y su esposo llevaban quince años en Orlando sin poder tener hijos; entonces, de momento y sin avisar, llegan "mis dos angelitos" como los bautizó el abuelo primerizo. Pero ya habían transcurrido tres años sin poder verlos. Marta aducía que viajar le era imposible, "aquí hay que trabajar duro y más ahora con los nenes", le repetía a su padre a saciedad. Más tarde, la excusa fue, "tú sabes cómo el huracán María dejó la Isla y mami siempre malita…" y cuando todo parecía ser el tiempo perfecto, salía con un "pero, papi, ahora con esta pandemia, viajar es imposible, ven tú, si puedes".

Gervasio refunfuñaba, aunque sabía que las excusas de su hija tenían validez; pero "¿viajar hacia allá? y ¿quién cuidaría a Herminia, que ahora siempre está con mil padecimientos? y, encima de eso, ahora tiene el maldito virus", decía. Mientras tanto, él en cuarentena, seguía esperando por la dichosa vacuna. Si no era una cosa, era la otra, comoquiera que fuese, el tan esperado encuentro con los nietos tendría que esperar… "por lo menos serán más grandes y me entenderán mejor…"

Una tarde de abril, Herminia, el amor de su vida, murió. Gervasio quedó devastado; peor aún, Martita no pudo estar presente en el funeral de su madre por haberse contagiado con COVID. El único aliciente del anciano era que por lo menos él estaba vacunado y pronto podría dar el añorado viaje.

Éxodos

A pesar de sus ochenta años, la esperanza de abrazar y conversar con sus nietos le había infundido una fortaleza inusitada. A los pocos amigos que todavía quedaban vivos en el barrio les comentaba: "ni en morirme pienso, por lo menos hasta que no vea a mis nietos y pueda hablarles, contarles...".

Por fin, se le dio: logró sacar pasaje para la Florida. Abordó el avión con la seguridad que reflejan los viajeros veteranos, aunque para él fuera la primera vez (llevaba años ensayando ese momento en su mente). La emoción del tan esperado encuentro lo había envalentonado. Durante el vuelo escudriñaba, con una ternura sin igual, los retratos de Jerry y Margie. La nena me recuerda a Herminia y el nene, por supuesto, con el permiso de su padre, es mi viva imagen, insistía.

El aterrizaje en Orlando fue uno perfecto, Gervasio ni lo sintió y se unió a los consabidos aplausos. Mientras salía del terminal de vuelos le cayó un cansancio repentino, como si los años de ansiedad le estuviesen pasando factura. El grito eufórico de Marta lo revivió y el agotamiento se esfumó instantáneamente. "Siempre gritona, pero ¿es ella?, ¿ahora es rubia?", dijo entre dientes, sorprendido. El abrazo fue largo. "¿Y los nenes?", preguntó de inmediato. "En casa con Gerardo", dijo ella. "Pues vamos pa'llá rápido", demandó el anciano. Cada vez que Marta le anunciaba que faltaba poco por llegar a la casa, el cansancio se difuminaba y sentía más energía, a pesar de que le pareció que la casa estaba demasiado lejos del aeropuerto. "Es que aquí todo es lejos", dijo riendo Marta. Sin embargo, lo largo del viaje le dio tiempo para refrescar en su memoria los cuentos, historias y fantasías que les contaría a sus querubines.

Al llegar a la casa, Marta salió con uno de sus gritos de "ya llegamos, *honey*". Gerardo y los niños, que esperaban en la terraza, entraron animados a la sala a recibir al abuelo. Gervasio, cuando los vio frente a él, muy acicalados y sonrientes, no pudo contener la emoción y en un medio grito dijo, "¡pero si son más lindos que en los retratos! Denme un abrazo", y extendió sus brazos. La parejita corrió hacia él y los tres se confundieron en un estrujón épico.

—Mis ángeles, quiero contarles sobre su abuela, de su mami cuando pequeña, de nuestra Isla, de...

—*What did you say*? —interrumpió la nena con cara de pura confusión, mientras, el niñito soltó una risita puerilmente burlona y miró a su madre, haciendo un gesto de interrogación.

Gervasio abrió la boca en un intento de decir algo, pero no le salió nada. Se desplomó con desgano en una butaca, miró a sus nietos que ahora, para él, eran dos extraños y por primera vez, pensó en la muerte.

Andrés O'Neill

EL MACKINAC

Desde mi primer o segundo año de universidad, ya mi papá venía diciéndome que fuera buscando oportunidades de empleo fuera de Puerto Rico. Las cosas, me decía, ya no estaban pintando bien. Se escuchaban rumores de cierres de empresas y aumentos en los impuestos y en la gasolina. Me explicaba cómo el Gobierno premiaba a la gente ociosa regalándole ayudas vitalicias, mientras incansablemente perseguía con impuestos a los productivos y a los emprendedores. Así que le hice caso, busqué oportunidades fuera de la Isla, las encontré y me fui para Detroit.

Realmente no viví en Detroit. A donde me mudé fue a una ciudad aledaña llamada Dearborn, que es parte del área metropolitana de la llamada "Ciudad de los Motores". En Dearborn está la sede mundial de Ford Motor Company, para la cual trabajé. Resulta que estando en mi último año de ingeniería en el Colegio de Agrimensura y Artes Mecánicas de Mayagüez, dos reclutadores de la automotriz visitaron el colegio para entrevistar candidatos y fui uno de los tres seleccionados.

Mi llegada a Detroit fue muy distinta a la que imaginé. Esperaba mucha soledad porque aun cuando estaría trabajando en una de las corporaciones más grandes del mundo, plantada en una metrópolis gigantesca, no conocía a nadie. Además, los otros dos estudiantes que la compañía seleccionó en el campus mayagüezano, ingenieros mecánicos también, trabajaban fuera de la sede. Uno fue ubicado en la planta de Wixom y el otro, en la de Flat Rock, casi en la frontera con el estado de Ohio. Ninguna de esas fábricas era demasiado lejos de Dearborn, pero con trabajos nuevos los tres, no había tiempo para visitarnos en nuestras nuevas ciudades.

Fue gracias a otro puertorriqueño que nunca conocí, que mi llegada fue más cálida. El año anterior, Guillermo Hernández, con sus potentes lanzamientos, llevó a los Tigres a ganar la Serie Mundial de 1984, la primera de Detroit en dieciséis años. El hecho de ser puertorriqueño al igual que el idolatrado "Willie", como le dicen los gringos, me convirtió prácticamente en una celebridad entre mis nuevos compañeros de trabajo. Pero cuando la novedad del asunto se esfumó, quedé sumergido en el anonimato. Pasé a ser tan solo un empleado más. Había compañerismo, eso sí, pero no amistad. Durante esos meses, nunca fui invitado a la casa de nadie, ni a una cerveza después del trabajo y ni siquiera a un juego de los Tigres. Pasaba mi tiempo solo.

Así, solo, exploré mucho de la región durante los fines de semana en el viejo AMC Matador que conseguí en los anuncios clasificados del *Detroit Free Press*. Eso resultó irónico, que, trabajando para Ford, me comprara un auto de una compañía rival como American Motors Corporation. Pero como apenas comenzaba en mi empleo, tuve que comprarme lo más barato que conseguí. Ya cuando fuera permanente, tendría derecho al generoso descuento para empleados y entonces, después de ahorrar un poco, me compraría un Mustang o tal vez el nuevo modelo deportivo que Ford estaba desarrollando con Mazda y que sería fabricado en Flat Rock.

Era feo y viejo, pero gracias a aquel Matador conocí mucho del área. Frecuentemente cruzaba a la ciudad canadiense de Windsor, tan cercana que la veía desde la ventana de mi oficina. Visitarla era tan fácil como cruzar el puente Ambassador o el túnel que pasa por debajo del río Detroit. También fui a ver los murales de Diego Rivera en el Instituto de Artes, vi mi primer juego de *hockey* sobre hielo en el coliseo Joe Louis y mi primero de *football* americano en la vecina ciudad de Pontiac, donde jugaban los *Lions*. Hasta fui a un concierto de *Kiss* a mediados de diciembre. Nunca los había visto sin maquillaje, pero mucho más emocionante fue verlos cantar en vivo *Detroit Rock City* en pleno Detroit.

Me entretuve mucho explorando mi nueva ciudad, pero había dos lugares en específico que me moría por visitar. Ingeniero al fin, tenía muchos deseos de ver dos grandes obras de construcción. Una era el puente Mackinac, bajo el cual se unen dos de los grandes lagos: el Michigan y el Hurón. La otra, el canal de Sault Sainte Marie, que además de ser una de las fronteras naturales entre Canadá y Estados Unidos, contiene un sistema de esclusas por las que enormes barcos cargueros son movidos entre el Hurón y el mayor de los Grandes Lagos, el Superior. Es algo así como el canal de Panamá, pero mucho más pequeño.

Nunca supe de la existencia del puente ni del canal hasta mi segundo año de universidad. Uno de mis libros de texto los catalogaba como supremas obras maestras de la ingeniería civil. Desde entonces, quedé obsesionado con ambos y ya que los tenía en el mismo estado, los quería visitar. El problema era que me quedaban muy lejos, en el extremo norte de Michigan. El puente me quedaba como a cuatro o cinco horas manejando y el canal, ya en la península norteña, estaba a otra hora más. En total, era un viaje de al menos doce horas ida y vuelta, sin contar las paradas ni las visitas a los lugares que tanto quería ver. No podía hacerlo en un fin de semana cualquiera y como era un empleado nuevo, todavía no tenía vacaciones. Por lo tanto, el momento más oportuno eran las dos semanas de cierre de producción a fin de año, tiempo más que suficiente como para, además, cruzar hacia Canadá, ir a esquiar, manejar alrededor del lago Superior y entrar nuevamente a Estados Unidos por Minnesota. En el camino de regreso a Dearborn, podría pasar por Chicago. Hubiesen sido unas entretenidas vacaciones en la carretera.

No era la mejor época para dar el viaje debido a las grandes nevadas que caen en esa región tan al norte. Tampoco era el momento idóneo porque me impedía regresar a Puerto Rico a pasar las Navidades con mi familia. Pero un extraño magnetismo me halaba a esos lugares.

Así pasaron los meses mientras me concentraba en el primer proyecto del que fui parte. Consistía en desarrollar un sistema que le devolviera a un vehículo la tracción y el control, cuando patinara al transitar sobre nieve, hielo o pavimento mojado. Mercedes Benz y Volvo recién habían estrenado en el mercado sus frenos antibloqueo, pero todavía no existía un sistema de control de estabilidad como el que se le asignó a mi grupo.

También durante esos meses, mis padres trataron muchas veces de hacerme desistir del viaje porque, según ellos, podía ser peligroso. Apelaron al sentimentalismo diciéndome ambos que ya, de por sí, me extrañaban y que las Navidades y la despedida de año serían muy tristes, si me quedaba en Michigan. Hasta trataron de ablandarme con ofertas de comida navideña, mi punto débil. Cuando nada de eso funcionó y la llegada de diciembre se hacía cada vez más inminente, trataron con la clásica artimaña a la que acuden muchos padres: la culpa.

—¡Mira que si eres un mal hijo, que el mismo primer año que te vas ya no quieres regresar ni siquiera para ver a tus padres! ¡Desconsiderado! ¡Tu mamá se pasa llorando! ¡Mal rayo parta el momento en que te recomendé que te fueras a buscar futuro fuera de la Isla! —me gritó mi papá justo antes de explotar mi tímpano, cuando estrelló el auricular contra el cuerpo del teléfono.

Fue la última vez que hablamos.

Llegó la cuarta semana de diciembre y con ella, el cese de producción de fin de año. Como trabajé hasta las dos de la tarde del último día, de la oficina salí directo hacia el Mackinac. Arranqué en dirección norte por la interestatal número 75, la cual, a pesar de toda la nieve, estaba en condiciones transitables.

Eso iba cambiando a la vez que me alejaba del área metropolitana de Detroit. Mientras me adentraba a zonas menos transitadas, se iba viendo más nieve sobre la carretera. En algunas partes, la única señal de asfalto era el par de líneas negras que las ruedas de los demás vehículos dejaban con su transitar. Aun así, no me quedé en ninguna de las hospederías que hay en esa carretera. Nada me disuadía de seguir rumbo al Mackinac y llegar aquella misma noche. Ni siquiera me detuvo el hecho de que un gran tramo de los carriles que se dirigen hacia el sur habían sido cerrados y su tránsito, desviado hacia el carril que quedaba justo a mi lado izquierdo. Eso sí, había que ir muy lento. En ocasiones vi algunos autos patinar, pero sin mayores consecuencias. Seguí mi marcha; nada iba a impedir que llegara al puente esa misma noche, la que de por sí llegó muy temprano. Ya a las cinco de la tarde estaba oscuro, pero continué.

Minutos después de las ocho, me sobrevino una inmensa alegría, pues comencé a ver de lejos las luces del puente. Por fin lo vería. Había vencido los elementos y pronto estaría junto al imponente Mackinac. Al momento en que llegara, iría a la orilla del inmenso océano de agua dulce, para observar la grandeza de aquella estructura. Ya por la mañana, lo vería con mayor detenimiento, fotografiaría todos sus detalles y luego lo cruzaría para seguir hacia el canal.

A la vez que las luces del puente continuaban acercándose, otras más grandes que parecían rugir irrumpieron frente a mí. Era un camión, uno de muchos que bajaban con mercancía de Canadá. En ese mismo instante, vi unos grandes parchos de nieve y hielo sobre la carretera. Al pisarlos, las llantas de mi auto perdieron la tracción. El Matador se deslizó libremente hacia el carril contrario. Miré a la distancia y de nuevo divisé las pequeñas luces del Mackinac. El camión estaba más cerca y ya se deslizaba por su propio frenazo. Me pasaron muchas escenas por la mente: cuando me vestía para ir a la entrevista con los reclutadores, mi papá gritando la última vez que me llamó, la foto de un triunfante Guillermo Hernández que alguien tenía en la oficina, los planos del sistema con los que trabajé esa mañana, *Kiss* cantando la última parte de *Detroit Rock City*. Vi a mi mamá llorando cuando le dieran la noticia. Miré hacia el lado, y ya el camión estaba casi encima de mi puerta. Volví a buscar el puente con la mirada y vi sus luces. Ya casi llegaba.

EL BASTARDITO DEL APARTAMENTO DE ABAJO

Nunca me gustó el complejo de vivienda al que me mudé cuando llegué a Kissimmee. Era feo y la selección de inquilinos, peor. La única razón por la que lo escogí fue porque era lo más barato que pude conseguir. No sabía que las rentas en Florida iban a ser tan caras. Me enteré allá, después de haber dado el salto desde Puerto Rico.

Al llegar, estuve quedándome en la casa de un amigo, en lo que me aparecía trabajo y entonces buscaría un apartamento. Pero no imaginaba que los alquileres fueran tan altos.

Como sé inglés y tengo universidad, pensé que enseguida conseguiría un buen trabajo con muy buena paga; la clásica historia de triunfo de todo el que se va de Puerto Rico. Pero no fue así. Comencé enviando resumés a compañías de prestigio, a la altura de mi preparación, pero no apareció nada; ni una llamada, ni una carta, ni un *email* en casi tres meses. La paciencia de mi amigo, pero sobre todo la de su esposa, se iba acabando. También la mía, porque sus hijos eran muy inquietos y corrían por toda la casa, haciendo ruido con sus juegos.

Tuve entonces que hacer lo inimaginable: solicitar trabajo en los parques temáticos de Orlando. Nuevamente, pensé que me seleccionarían rápido por mi inglés y por el grado asociado que casi completé, pero tampoco. Cuando por fin me llamaron de uno, en vez de la posición de oficina con permanencia y beneficios que esperaba, más el sueldo alto que merezco por mi preparación, lo que me ofrecieron fue un trabajito a tiempo parcial, afuera bajo el sol, ganando solamente diez dólares la hora. Eso era tan solo dos dólares y setenta y cinco centavos más que los que me ganaba en la Isla. ¡Qué vergüenza!

Acepté únicamente por la necesidad de mudarme. Pero con lo caras que son las rentas allá, tuve que buscarme un segundo trabajo. Ese lo conseguí rápido, en un Dollar Tree, pero solo a ocho dólares con treinta centavos la hora; un dólar y veinticinco centavos más que en Puerto Rico. ¡Gran cosa!

Ya con los dos trabajos, podría buscar apartamento y ahí fue cuando me espanté. Empecé buscando en sitios agradables, que estuvieran a la par con mis gustos, pero los alquileres estaban en mil quinientos, mil setecientos dólares y hasta más, por apartamentos de una sola habitación.

Fue así que llegué al odioso complejo al que me tuve que mudar. Las rentas eran bajas, pero también lo eran las personas que vivían allí; gente muy fea, pobre y de muy malas costumbres. Pero, fue el único lugar que conseguí a ochocientos dólares mensuales. ¡Caramba! Por esa misma cantidad, podía alquilar en la Isla, un buen apartamento *walkup* de tres habitaciones.

Bastante rápido después de mudarme, me enteré de que casi todas las despreciables familias que vivían allí lo hacían con asistencia del gobierno. ¡Qué gran ironía! Una persona preparada como yo, pagando por vivir en la misma mierda de lugar en el que tantos vagos y aprovechados vivían gratis o casi regalado. Para mi vergüenza, muchos eran boricuas que habían llegado allí después del huracán María y no acababan de irse. Me avergonzaba tanto que vinieran a este país a chupar ayudas y para colmo, sin saber inglés. Sí, también había gente trabajadora que, en vez de quedarse vagabundeando, salían todos los días con sus uniformes de restaurantes de comida rápida, de megatiendas, de hoteles y parques y hasta con atuendos para la construcción, pero no me interesaba interactuar con ninguno de ellos. Si en Puerto Rico nunca hubiéramos coincidido por ser ellos de clase trabajadora y yo dirigido a ser un profesional, ¿para qué hacer amistad ahora? Después de todo, yo estaría allí solo dos o tres meses en lo que me aparecía un trabajo con buen sueldo del cual sí estar orgulloso.

Precisamente para mantenerlos a raya, nunca hablé español allí. Si me preguntaban algo, me hacía el que no entendía y cuando me saludaban en español, les contestaba muy secamente en inglés y a los que me saludaban en inglés, les respondía más secamente todavía. Así los acostumbré a no meterse conmigo y funcionó, porque eventualmente casi todos dejaron de saludarme.

Era inevitable no toparme con los que sí eran vagos. Se pasaban gran parte del día fumando y chismeando en las escaleras o en los muebles que sacaban de sus apartamentos para sentarse en los pasillos.

Igual hacían las pocas familias estadounidenses que vivían allí, aunque tendían a reunirse aparte. Formaban su propio grupo, tal vez por la barrera del idioma o tal vez por creerse superiores. Cual fuera la razón, eran tan chupadores del gobierno como los demás y hasta más desagradables, porque mascaban tabaco y dejaban escupitajos por todos lados.

Odiaba tanto el lugar y a toda aquella gentuza, que casi nunca regresaba a mi apartamento durante el día. Hasta pedí más horas en ambos empleos con tal de ir lo menos posible a mi casa. Incluso, había días en los que tenía hasta cuatro horas libres entre mis turnos en el parque y el Dollar Tree y no regresaba al apartamento. Las pasaba en el salón comedor para empleados, mirando las redes sociales en mi teléfono o sencillamente me sentaba en algún banco del parque, como si fuera un turista más.

Otras veces, y con tal de escapar del aburrimiento y calor, manejaba hasta algún centro comercial en el Buick de novecientos dólares que le compré a un gringo del pueblo de Bithlo. Mi amigo me llevó hasta allá para buscarlo. Eso también me avergonzaba: tener un carro viejo, feo y apestoso a nicotina, cuando en Puerto Rico andaba en uno nuevo que había comprado un año antes y que le devolví al banco cuando me vine para acá.

Así que salía por la mañana y regresaba tarde en la noche después de cerrar el Dollar Tree. Incluso, a veces iba después a hacer una compra en Publix, con tal de llegar lo más tarde posible al apartamento. Así de mucho aborrecía aquella mierda de lugar y a mis vecinos.

Comencé a odiarlo aún más, cuando otra boricua se mudó al apartamento, justo debajo del mío, en el segundo piso. Llegó allí embarazada y con un niño que no llegaba a los dos años. En cierto aspecto, ella era como yo, en el sentido de que casi no interactuaba con los otros vecinos. Siempre estaba en su casa con su puerta cerrada y nunca la veía afuera como los otros vagos y las chismosas. Quien único la visitaba era el señor del Jaguar, un caballero muy bien vestido y de buenos modales, que iba como cada dos o tres semanas y siempre muy temprano en la mañana. Me topaba con él cuando salía hacia mi trabajo y casi siempre lo veía subiendo las escaleras o entrando al apartamento, cargando unas bolsas de compra. Otras veces, lo veía en el estacionamiento cuando llegaba. Fue así que vi que manejaba un Jaguar casi nuevo.

Fue la única persona que me cayó bien en aquel sitio. Nunca platicamos, pero nos saludábamos muy amablemente. Nos caímos bien. Creo que es que la gente de categoría nos reconocemos en cualquier lugar.

Algo de él que noté, posiblemente desde la primera o segunda vez que lo vi, fue el aro de matrimonio y de inmediato formé la historia en mi mente: hombre de dinero que preña no una, sino dos veces a una pobretona y la esconde en la primera madriguera que consigue. O tal vez el niño era de otro papá y el suyo era el que venía en camino. No sé. Nunca supe y ni me interesó, pero la dinámica que veía era la de un hombre casado, escondiendo a una amante embarazada.

Así que, ¿por qué aborrecí su llegada, si era una vecina que no molestaba, que yo apenas veía y que era mantenida por la única persona decente y agradable que ponía pie en aquel lugar que tanto detesté? Muy fácil: por su niño. Era un llorón. Era de esos niños que a cada rato lloraba por cualquier cosa y eso se convirtió en una razón más para no querer regresar al complejo durante mis horas libres. Pero en los días en los que no tenía más remedio que quedarme en mi apartamento, tenía que escuchar los berrinches del bastardito varias veces al día.

Con todo y con que ella mantenía el acondicionador de aire encendido día y noche, las pataletas de su hijo se oían en mi piso. Para colmo, casi nunca la escuchaba hacer algo por callarlo. Supongo que para ella, era como la gente que tiene perros que fastidian a todo el vecindario, pero a ellos no les molesta porque están acostumbrados a ese ruido y mentalmente han dejado de oírlo.

Esa era precisamente otra cosa que odiaba de los chupadores de ese lugar. Los que vivían gratis siempre tenían el acondicionador de aire encendido. Yo tenía que pagar mi propia electricidad y ellos, por tenerla gratis, la malgastaban. El derroche era tal, que era muy común ir por los pasillos y pasar apartamentos con la puerta abierta, muebles afuera, vagos fumando y sentir el aire frío que salía de la sala.

Pasaron los meses y a pesar de que seguí enviando resumés y llenando solicitudes *online*, no me aparecía otro trabajo. Nadie me llamaba a una entrevista y sin un trabajo con el sueldo que buscaba, no había manera de mudarme de aquel gueto. Quería largarme de allí y hasta tal vez, regresar a Puerto Rico.

La vida siguió igual en el complejo: los vagos, los muebles afuera y los escupitajos de tabaco en los pasillos y escaleras. También continuaron los berrinches del bastardito del apartamento de abajo y las fugaces visitas de su papá, aunque ya eran con menos frecuencia. De hecho, la última vez que lo vi fue de forma muy inusual. Ocurrió a la misma hora en la mañana a la que siempre lo veía, pero esta vez ella estaba afuera con él, ambos de pie junto al Jaguar. Ya ella tenía la barriga sumamente grande, por lo que imaginé que ya pronto escupiría su segundo infeliz al mundo.

También noté que ella tenía los ojos muy colorados, como si llorara. Durante los cinco o seis intentos que siempre me tomaba encender el Buick, vi que se despidieron, o más bien, el señor se despedía de ella. Recuerdo que solté una corta y burlona risita nasal y dije: "¡Ojalá que ella y el llorón se vayan!"

Cuando regresé esa noche, el niño me recordó de su existencia. Aún de lejos, caminando hacia las escaleras, ya escuchaba su berrinche. Entré a mi apartamento y del enojo cerré la puerta muy duro. Me di un duchazo, y aún con el sonido del abanico extractor y el del agua, podía oír su llanto a la distancia. Siempre era así. Tenía tremendos pulmones. Ni en la ducha podía escaparme de los berreos del llorón.

Cuando terminé, busqué una película en el teléfono y con tal de no escuchar al niño, me puse audífonos.

Al día siguiente fue igual. Tan pronto desperté, ya el niño estaba llorando. Enfurecido, me preparé de prisa para salir lo antes posible de allí. Ni siquiera me hice desayuno; algo me compraría en el parque o de camino.

El día me fue pésimo. Algo que aborrecía del parque era tener que tratar con turistas impertinentes y ese sábado los tuve por partida doble porque mi jefa ("jefa" y era una muchachita con menos preparación que yo), me pidió que me quedara hasta las siete, justo una hora antes de comenzar mi turno nocturno en el Dollar Tree.

Cuando al fin salí a la medianoche, estaba muy cansado. Me dolían los pies, pero el cansancio mayor era el emocional, por haber tenido que bregar con tantos idiotas en un día tan largo. Sí, en ambos trabajos tenía que lidiar con gente incordia. Así que lo que quería era llegar, darme un duchazo y dormir... pero el bastardito me lo impidió.

De nuevo escuché su llanto según me acercaba a las escaleras del primer piso. Mentalmente maldije a su madre y al señor del Jaguar o a quien quiera que fuera que lo había engendrado. Con tal de escucharlo lo menos posible, esa noche sí encendí el acondicionador de aire. Comoquiera lo oía, aunque más lejos.

De nuevo lo oí a la mañana siguiente y volví a maldecir su existencia. De nuevo me preparé muy rápido y otra vez, me largué sin desayunar. El maldito niño ya me había costado dos desayunos en la calle y la electricidad adicional del acondicionador de aire.

Esa noche escogí quedarme como veinte minutos más en el Dollar Tree, para comprar algunos víveres y también fui al Publix a comprar otras cosas más, para entonces llegar aún más tarde. Y por fin, después de varias noches, mi regreso me produjo alivio. No había llanto. Solo se escuchaban un poco los televisores de los apartamentos con las puertas abiertas y las tertulias de los gringos *escupetabaco*. "Por fin", pensé. Pero tal pareció como si el nene hubiera detectado mi presencia o lo hubiera hecho por joder, porque cuando comencé a subir las escaleras, empezó a llorar.

Entré y de nuevo tiré la puerta muy duro cuando la cerré. Prácticamente lancé los víveres dentro de la nevera y de la desesperación, hice algo que nunca había hecho: tomé el palo de la escoba y golpeé el piso muy duro. También di varios pisotones muy fuertes para ver si la paridora entendía el mensaje y callaba a su bastardo. De nuevo recurrí al acondicionador de aire y a ver películas con los audífonos puestos.

A la mañana siguiente, lo mismo de las tres anteriores: desperté con el lloriqueo del niño. Otra vez, me vestí para irme de inmediato y para no gastar en la calle, me llevé varias de las cosas que había comprado la noche anterior. Mientras me preparaba, volví a dar golpes contra el piso para que la señora callara al mocoso.

Cuando bajaba las escaleras, me topé con la vecina religiosa que se pasaba dejando papelitos de su iglesia. Me vio y puso cara de disgusto.

—¡Qué mucho fastidia el llorón ése! ¡Me tiene harta! —me dijo, a lo que no contesté porque para los efectos, no sabía español.

Esa noche llegué tardísimo, otra vez. Tan pronto hice el doblaje a la izquierda, para entrar al complejo, noté que había patrullas y una ambulancia en el estacionamiento. Lo encontré curioso y hasta solté una risita de burla. "Lo más seguro que los gringos se mataron entre sí por el último saquito de tabaco", pensé.

Estacioné y noté que los oficiales estaban concentrados al inicio de las escaleras que conducían a mi apartamento. Estaban allí, pero ya se estaban marchando. Guardaban equipos en sus vehículos y la ambulancia, con los biombos apagados, ya comenzaba a salir. Aunque había mucha gente afuera averiguando, no le pregunté a nadie. Si llevaba allí casi un año sin dirigirles la palabra, ¿para qué hacerlo ahora?

Comencé a subir las escaleras y ya en el segundo piso, vi que el asunto era en el apartamento del llorón. Me acerqué a uno de los agentes y en inglés me identifiqué como el inquilino de arriba y le pregunté qué ocurría. En español, me contestó que por la tarde los habían encontrado muertos. La mamá se había cortado las venas en la bañera. Ella llevaba varios días muerta y el niño, apenas unas horas.

LA NENA Y EL THUNDERBIRD

Dos eran los grandes amores en la vida de Julio: su hija Natalia y su antiguo Ford Thunderbird. Bromeaba diciendo que su esposa quedaba en un muy distante tercer lugar.

—A la nena y el Thunderbird los amo. A ti... más o menos te tolero —solía decirle a su esposa. Ella siempre le respondía entre risas con falsos insultos cómicos. Eran de esas parejas a las que les encanta bromear con chistes así.

Desde bien joven, Julio estaba decidido de que algún día querría tener hijos. Y muy determinado estaba a no ser un simple papá, sino un padre excelente. Así que cuando por fin le llegó Natalia, su primera hija, Julio se desvivió por ella.

Desde joven, Julio siempre quiso tener un Ford Thunderbird. Pero el que quería era uno de los primeros, de los pequeñitos aquellos convertibles de la década de los 1950, que vio por primera vez cuando era un muchachito. Iba él, apenas rozando los doce años, por las calles de Puerto Nuevo repartiendo el periódico "El Imparcial" cuando vio su primer Thunderbird. Tuvo que detener la bicicleta para verlo de cerca. Se enamoró de inmediato y fue en ese mismo instante, que se empeñó con que algún día tendría un Thunderbird como ése. Sí, algún día, porque tendría que esperar bastante, ya que no había manera alguna de que un muchacho de aquella época pudiera amasar la fortuna de $2,944 que costaba el auto.

El paso del tiempo comprobó que el gusto de Julio por el Thunderbird no era simplemente el capricho de un mocoso. Aún después de graduarse de escuela superior, de la universidad y conseguirse su primer trabajo, continuaba con la idea de comprarse uno de aquellos primeros Thunderbirds. Pero no podría por buen tiempo porque ya tenía novia y planes de casarse. Así que el carrito tendría que esperar.

Natalia ya había nacido para cuando Julio, al fin, pudo comprar uno. Era tal y como lo quería: de 1957 y con el distintivo techo duro removible que traía la romántica ventanita redonda a cada lado. Se lo compró a un médico de Barceloneta que lo tenía desde nuevo. Y a pesar de ser un coche de casi treinta años, estaba en muy buenas condiciones.

Por ser solo para dos pasajeros, Julio no lo podía usar para pasear en familia. Así que, para los apacibles paseítos domingueros que se daba de vez en cuando en el Thunderbird, a quien escogía de acompañante era a la pequeña Natalia. Así, padre e hija, a bordo de aquel carrito viejo, vivieron momentos que durante todas sus vidas les traerían sonrisas de tan sólo recordarlos.

—¡No puedo creer que mi marido y mi propia hija me dejen aquí abandonada por culpa de ese carro! —bromeaba la esposa de Julio cada vez que los despedía.

Pasaron los años y Julio mimaba a sus dos amores por igual. A Natalia, comprándole cosas y celebrándole el quinceañero y la graduación de escuela superior y la de universidad; y al Thunderbird, puliéndole semanalmente la pintura que ya de por sí brillaba como si fuera de fábrica.

Al frío estado de Minnesota terminó yendo Natalia para comenzar sus estudios universitarios. En su tercer año conoció a un joven estadounidense con el que se quiso casar tan pronto terminaran los estudios. Planificaron para que la boda fuera en Puerto Rico, pero regresarían a vivir a Minneapolis.

Hasta el último día de su existencia, Julio maldecirá al que creó la tradición de que a los padres de la novia le corresponderían los gastos de la boda. Los costos iniciales de los preparativos ya eran cuantiosos y todavía faltaban muchos detalles más. Eso sin contar con la comisión que habría que pagarle a la coordinadora de la boda. Esta a su vez, estaba haciendo muy buen trabajo porque, aún con Natalia en Minnesota, estaba logrando hacer todo tal y como la nena quería.

En un momento dado, a Julio le golpeó la dura realidad de que sus ahorros no serían suficientes para terminar de costear la boda. Más dura aún resultó ser la respuesta a la interrogante acerca de dónde conseguir el dinero.

—¿Que vas a vender el Thunderbird? —preguntó sorprendida su esposa—. ¡Pero si a ese carro lo quieres más que a mí!

—Podría escoger venderte a ti, pero me darían muy poco dinero… si es que apareciera alguien. Además, hace ya mucho tiempo que el Thunderbird se convirtió en clásico y está muy bien cotizado. Por las condiciones en que está, fácilmente lo puedo vender en más de cincuenta mil dólares. Tú sabes que cada vez que lo llevaba a la feria de carros antiguos en el Bithorn siempre aparecía alguien que quería comprarlo. Uno es el gruñón ese de doctor Robles, que cada vez que me ve al frente de la casa, me pregunta que cuándo se lo vendo.

—Pero con lo mucho que tú quieres ese carro.

—Sí, pero sabes que desde que la nena se fue, ya casi no lo uso, y que conste, que es porque a ti no te gusta pasear en un convertible porque te despeinas.

—Pero con todo y eso, me da lástima que lo vendas.

—Sí, a mí también me da tristeza. Pero fue un sueño que logré realizar. Además, con lo que saque de la venta, nos da para terminar de pagar la boda y nos sobra para un buen viaje por Europa, que siempre hemos querido ir solos.

Símbolos de dólar parecieron resplandecer en los ojos de la esposa de Julio.

—Una sola cosa —advirtió Julio—, que Natalia no se entere.

Varios días después, las secretarias y enfermeras del consultorio se sorprendieron al notar a un doctor Robles sumamente contento y amigable.

Llegó la semana antes de la boda y Natalia arribó desde Minnesota. Durante los próximos días, la coordinadora la llevó a la iglesia, al hotel donde celebrarían la recepción, a hacerle los ajustes finales al traje de novia y a ver el restaurante donde llevarían a los familiares del novio, antes de la ceremonia. Natalia estaba fascinada con todo.

—¿Viste lo bien que nos está quedando la boda a tu madre y a mí? —le preguntó Julio a su hija al esta llegar de sus diligencias. Natalia sonrió y abrazó a su padre.

—Papi —le dijo, todavía abrazada y con la dulzura que solía usar cuando quería pedirle algo—, estoy bien contenta con lo bella que va a quedar la boda.

—Me alegro. Es que tú te la mereces. Mi nena debe tener una boda digna de la realeza.

—¡Ay, gracias, papi! Pero te quiero pedir un regalito más. Uno bien sencillo.

—¿Otro más? —preguntó Julio fingiendo una sorpresa exagerada—. ¡Nena, si esta boda ya me tiene quebrado!

—Pero papi, este no te va a costar nada y, además, es un sueño que tengo desde que era bien chiquita.

—¿Qué no me va a costar nada? Pues eso me interesa. A ver, diga usted, preciosa.

—Yo quiero, papi, que me lleves a la boda en el Thunderbird.

Luccia Reverón

VIERNES DE LIBERACIÓN

Dan tomó algunos de sus útiles que usaba en la peluquería y los guardó en el bolso, con desgano. Hizo presión al cerrar el último compartimiento. Levantó su mirada y dio un vistazo a todo su derredor. Se fijó que faltaba poco para las siete. Apagó las luces, luego cerró con llave la puerta del establecimiento. Hoy no tendría que esperar por Paulo, el Volky de su hermana lo tenía estacionado bastante cerca. Oscurecía.

Su último cliente había llegado solo minutos antes de las cinco y treinta de la tarde, que era el horario de cierre. Jimena entró jadeando y, apresurada, le pidió los servicios. Dan hizo gesto con su rostro y le señaló la butaca en la que debía sentarse. Por lo regular, ella no se atendía los jueves y mucho menos en las tardes, las consideraba sagradas para dedicarlas a su esposo. Además, acostumbraba a llamar para pedir una cita.

Dan realizaba su trabajo y al mismo tiempo prestaba atención a la conversación de su clienta. En ocasiones, hacía comentarios y ademanes con la mano, sostenía el secador de pelo prendido sin percatarse de que apuntaba hacia la oreja de la mujer. Solo cuando ella trató de cubrirse fue que Dan se dio cuenta. Instintivamente, apagó el secador por un momento. Lo volvió a prender y continuó aplicando el calor al cabello. Retomó la conversación.

—Tú lo sabes, Jimena, desde que el huracán llegó, nos jodió la existencia a todos y cuando se fue, se llevó nuestras vidas arrastre. Porque mira, tú acabas de decirme ahora que también te vas. ¡Te vas mañana! Este bendito país se va a quedar vacío —lo dijo con voz chillona a punto de llorar.

—Sí, pero es que mi hijo mayor no quería que me quedara, mi esposo también estaba de acuerdo con él. ¿Qué podía hacer? Ya no queda aquí casi nadie de la familia, la mayoría se ha ido para Florida y Virginia y los que no; se han metido al *army* —recalcó la mujer con pesadumbre.

—Jimena, usted no tiene que irse si no quiere. Usted está fuerte, no es una mujer tan vieja. Perdón, lo que quiero decir es que usted no depende de nadie para hacer sus cosas, además, según me ha contado, usted y su esposo reciben una buena pensión. ¿Qué más necesitan? Pudiste haberlos convencido.

La plática continuó mientras Dan arreglaba los cabellos de la dama. Por un momento se olvidó de la situación que tenía en su casa. Diana, su hermana gemela, le había comentado que sus padres tomaron la decisión de divorciarse.

Mientras esperaba el cambio de luz, en unas de las avenidas cercana a su trabajo, pensó en sus padres. La noticia del divorcio fue algo que nunca pensó que pudiera suceder entre ellos. No dudaba de que a pesar de las discusiones continuas, se amaban. Sabía el motivo. El lunes pasado escuchó la conversación en la que su padre le reclamaba a su madre. Sus palabras fueron pronunciadas con fuerza, acusándola. "Tú sabes la alegría que sentí cuando me enteré de que sería papá. Tú sabes que se veían los sexos: hembra y varón y eso era lo que yo esperaba, y eso fue lo que nacieron, hasta que tú le permitiste... No, Aarón, eso no fue así, eso fue lo que parecía. Se siente atrapado. Incluso tu hija te lo dijo. Sí, ella fue su cómplice, ustedes dos tienen la culpa. No puedes decir eso, tal vez quería una niña para jugar con ella. Sí, podían jugar, pero él no era una niña; tenía que mantenerse siendo un machito… Lo siento, Elisa, me retracto. ¡Creo que realmente tú eres la culpable!" Esta última oración entristeció a Dan en gran manera, aunque toda la conversación que escuchó le caló muy profundo.

No podía olvidar las hazañas que tanto su madre como su hermana habían hecho, intentando evitar que su papá encontrara alguna evidencia o sospechara de algo. Sin embargo, cuando creció, Elisa le pidió que hablara con su padre, así podría argumentar, defenderse, exigir comprensión y respeto; pero no lo hizo. Temió represalias.

Desde pequeño sintió algo de rechazo por parte de su padre, veía que mayormente la atención era para Diana; por eso quería ser como ella. Hizo todo igual, pero no recuerda que recibió el mismo trato, los regaños eran continuos, por lo que su mirada fue siempre triste, muy diferente a la de su hermana, que todos decían que sus ojos brillaban. Tendría como siete años cuando se paró de frente a su padre, cariñosamente le tomó ambas manos y balanceándolas le dijo con timidez, papá, yo quiero ser como mi hermana. Su padre lo miró con el ceño fruncido, separó sus manos abruptamente al tiempo que se inclinó un poco, lo tomó por los hombros y masticando las palabras le dijo: ella es una niña, tú eres un niño, varón, macho. ¿Entiendes? Y se marchó llamando a gritos a su esposa y restallando la puerta.

Cuando cambió la luz del semáforo, Dan echó un vistazo a su reloj. Se alegró de que le diera tiempo para pasar por casa de Paulo. Aceleró la marcha. A los pocos minutos ya estaba tocando el timbre, pero no respondió. Sabía que estaba allí, incluso había otro auto estacionado frente a la casa. Creyó haberlo visto antes. Con desespero, continuó tocando el timbre y mirando para ambos lados, pero nadie se asomó. Mañana tengo examen y voy a estudiar todo el día, te veo cuando salga, le había dicho Paulo cuando lo llamó por la mañana. Le estuvo raro que colgara sin despedirse, como de costumbre. ¿Será cierto lo que me dijo mi amigo Juan?

Hacía varios días, había visto en una de las páginas sociales del Internet, los comentarios sobre las fotografías de Paulo. Aparecía acompañado por varios amigos. Un enjambre invadió sus pensamientos y lo que sentía ahora, atado con la situación de su familia, solo le indicaban un camino: el mismo que tomará su clienta mañana, pero con una diferencia, ella recibía amor. Dan necesitaba liberarse, huir, recomenzar, limpiar su aura; tal vez, volver a nacer.

Sin ningunas otras consideraciones y alicaído, se detuvo en un estacionamiento del centro comercial. Escogió el más retirado posible y que no hubiera un poste de luz cercano. Estuvo largo rato mirando hacia un punto fijo; con su mente en blanco, mientras escuchaba la música. ¿Despojándose del dolor, asimilándolo? El ruido de un auto que se estacionó cerca lo hizo reaccionar. Tensó sus labios cuando una de las lágrimas tocó su comisura derecha. Estoy decidido, dijo bajito mientras buscaba su teléfono celular. Con voz lánguida llamó a Juan, que radicaba en la Florida. Al terminar de escucharlo, reaccionó de inmediato. Mira, mi amigo, tú no tienes que soportar todos esos problemas. ¡Libérate! Allá que tus padres hagan lo que les dé la gana, y ese Paulo, se lo pierde. ¡No hay que hablar, arranca pa' acá!

Al otro día, desde el aeropuerto, Dan enviaba por correo electrónico, las cartas de renuncia: a su trabajo, a sus padres y a las cosas pasadas.

RECONSIDERACIÓN

Patricia se levantó. No quiso escuchar la acalorada conversación que su abuela Augusta sostenía por teléfono con su madre Ángela, quien hacía tres años radicaba en Kissimmee. En los últimos meses, las llamadas y discusiones habían aumentado. Llevaban varias semanas discutiendo el mismo tema, pero ninguna transigía. Augusta no estaba dispuesta a celebrar los quince años de su nieta fuera de Puerto Rico y, continuamente, le reclamaba a su hija Ángela.

—Sabes bien que las amistades de Patricia están acá y no van a dar un viaje innecesario. Tampoco a Patricia le interesa. ¿Te has preocupado en preguntarle? No, no lo has hecho porque solo te importa cumplir tus caprichos —subrayó Augusta.

—¿Acaso ella te ha dicho algo? —preguntó Ángela un tanto asombrada.

—Sí. Sospecha que quieres convencerla para que se vaya a vivir allá contigo y por eso te empeñas por la fiesta. Ella no quiere. Yo tampoco lo voy a permitir —expresó levantando la voz.

—¿Qué de malo tiene que ella venga a vivir acá? ¡Soy su madre! —reclamó con voz entrecortada.

—Sí, su madre. Eso lo debiste pensar antes de irte, además...

Ángela no dejó que concluyera la oración y de inmediato le ripostó.

—Lo pensé. ¡Y mucho que lo pensé! Pero tenía que hacerlo; tenía que buscar una alternativa para que pudiéramos vivir decentemente. ¡Bien sabes que la empresa se iba de Puerto Rico, que me iba a quedar sin empleo! ¿Crees que fue fácil dejar a mi hija, a mi única hija?

—Ángela, estoy cocinando. Si continúo hablando contigo se me va a quemar lo que tengo en la estufa —sin despedirse, Augusta desconectó la llamada.

Ángela se quedó con los labios juntos cuando iba a responderle ¡pero tú me convenciste, tú me convenciste! ¡Maldita sea, no pude decirle! Frenética, apretó el teléfono con tanta fuerza que sus dedos se enrojecieron. Tomó una profunda bocanada de aire para tratar de calmarse. Con lentitud, puso el celular dentro de su cartera. Acercó la bandeja que había retirado minutos antes mientras hablaba con su madre. Comió sin apetito un bocado de hamburguesa y lo tragó con un sorbo de refresco. Al poco rato, miró su reloj pulsera. Tenía que regresar al trabajo. Tomó su cartera y la colocó en su hombro, al tiempo que también agarraba la bandeja para dejarla en el depósito de desperdicios, cercano a la puerta de salida. Tal era su enajenación, que tropezó con una de las sillas que le interrumpía el paso. Se detuvo y, con suavidad, la empujó hacia una de las mesas.

Caminó con desidia hacia su oficina, aunque hubiera preferido tomar libre el resto del día. Trabajó malhumorada gran parte de la tarde. Su ánimo cambió cuando recibió la llamada de su madre, quien le pidió disculpas.

—Está bien, está bien, pero me hiciste sentir muy mal. He pasado un día horrible. Mamá, ¿hablaste con Patricia?

—No. Te sugiero que hables con ella. Explícale lo que realmente deseas. Lo de la celebración de su cumpleaños no lo utilices como una excusa. Cuando conversamos la semana pasada se echó a llorar. Ella te quiere mucho y te extraña, pero no quiere el cambio; siente miedo.

—¿De verdad? —preguntó Ángela con voz suave.

—Las veces que ha ido a visitarte ha regresado confundida —acotó Augusta en tono bajo.

—Está bien, no te preocupes. Hablaré con ella esta noche.

—Mejor no —insistió Augusta—, llámala mañana, hoy estará estudiando para un examen.

Ángela se quedó en la oficina un poco más tarde que de costumbre. Estuvo terminando los informes que su jefe le había solicitado con urgencia. Su responsabilidad había aumentado hacía varias semanas, al ser nombrada subdirectora de recursos humanos. Estaba satisfecha con las posiciones que había escalado y, sobre todo, la excelente remuneración que recibía. A pesar de que no tuvo contratiempos en el trabajo, y que la conversación con su madre fue amigable, su rostro se veía triste.

Cuando salió en ruta hacia su apartamento se encontró con un fuerte tránsito. Decidió detenerse en la farmacia para comprar algunos víveres, esto daría tiempo a que disminuyera la congestión vehicular. Tomó todos los artículos que necesitaba y se puso a dar vueltas con el carrito de compras por cada uno de los pasillos de la farmacia. Lo hacía sin prisa. De vez en cuando suspiraba. En su rostro se reflejaba la alegría de una esperanza. ¿Logrará convencer a Patricia para que se quede con ella? Pero luego su cara se tornaba preocupada. ¿Estaba preparada para asumir las responsabilidades que exigía el tener a su hija con ella? Se rascó la cabeza muy cerca de la oreja e hizo contacto con uno de los aretes. Sonrió. Fue precisamente cuando cumplió quince años, que su madre se los regaló.

Al otro día, Ángela conversó con Patricia por largo rato. Hicieron chistes, recordaron anécdotas, se rieron con grandes carcajadas y se dijeron frases cariñosas. No, mamá, yo te quiero mucho. Sí, y yo te quiero mucho más, hija mía, no sabes cuánto. Tú eres mi razón de existir. Y cuando la niña le comentó que deseaba para su cumpleaños tan solo una fiesta pequeña, pero que estuvieran sus amigas, a Ángela se le congeló la sonrisa.

—Patricia, ¡son tus quince! —respondió desconcertada.

—Sí, mamá, lo sé. ¡Y se debe cumplir el deseo de la quinceañera!

—Yo tenía en mente una gran fiesta —comentó con voz baja y pausada—. De hecho, había hablado con varios de mis compañeros de trabajo y me habían recomendado un buen lugar para la recepción y una coordinadora excelente.

—¡Ay, mamá, no te pongas triste! La gran fiesta la dejas para cuando me case. ¡Sí! Si es que me caso —dijo entre risas.

—¡Patricia!

—¿Por qué te alarmas, mamá?

—Creo que debo tomar unas vacaciones para ir a Puerto Rico…

—¿De verdad? ¡Me encantaría que pasáramos juntas parte del verano y fuéramos a la playa! Hace poco, abuela me compró un traje de baño muy bonito, de los que se están usando, y no lo he estrenado.

Se despidieron con besos y con la promesa de verse pronto. Ángela se quedó pensativa por un rato. ¿Estaré haciendo bien al estar viviendo alejada de mi familia en Puerto Rico? ¿Cuánto me estará necesitando mi hija y no lo dice? ¿Y mi madre? Aprovechó que no tenía trabajo al próximo día y esa noche navegó por el internet casi hasta la madrugada. Anotó toda la información que consiguió y la verificó con otras páginas cibernéticas. Varias hojas de su libreta terminaron con tachaduras, otras, en el zafacón. Recopiló en una nueva página todos los datos y marcó con asteriscos algunos de ellos. Sin apagar la computadora se tiró a la cama.

Tres meses después, Ángela sonreía al mirar por la ventana del avión. Sus ojos se agrandaron más y su rostro parecía que se inflaba. La emoción era evidente al ver el mar rodeando su tierra, luego, montones de casas aglomeradas y, finalmente, el recorrido en la pista de aterrizaje. Tomó su equipaje de mano y con júbilo gritó ¡estoy de regreso y para siempre!

EL AMOR NOS UNE

La casa se había vendido a su mejor amigo, hacía varios días. Aunque podía permanecer en ella hasta por dos meses, Vicente estaba desesperado por estar al lado de su esposa Constanza. Ella se había trasladado a Milwaukee para cuidar a su madre enferma. Ahora, todo estaba listo: las maletas, los bolsos y en media hora vendría su cuñada para llevarlos al aeropuerto.

A lo lejos, Vicente vio que Ramona acercó el sillón de hierro, tomó su cartera y se sentó como signo de protesta: *de aquí no me muevo si no aparece el gato*. Se acomodó el moño, que se había desprendido cuando pasó por debajo de una rama al intentar agarrar a su gato Mauricio. Sacó el celular de su cartera. ¿A quién llamará ahora? Se preguntó Vicente mientras caminaba hacia su madre.

A veces, mamá me complica la vida. Ahora hay que esperar que el dichoso gatito aparezca. ¿Por qué lo sacó de la jaula? *¡Vamos a perder el avión; no lo puedo creer!*, murmuró con enfado antes de llegar hasta ella, dispuesto a pedirle una explicación.

—No me mires mal —dijo ella tan pronto lo vio. Movió su cabeza hacia el lado contrario, al tiempo que recalcó sollozando— ese gato tiene nombre, y se llama Mauricio y es también como si fuera mi hijo; el cuñado de tu esposa.

A pesar de que acostumbraba a decir no, siempre acababa aceptando, cuando veía alguna lágrima o escuchaba la voz quebrantada de una mujer. Vicente puso su mano sobre el hombro de Ramona, esta la sujetó y levantó el hombro, acariciándola. Estuvieron varios minutos en esa misma posición. Él miraba hacia lo lejos y hacía gestos de negación con la cabeza, cuando de repente vio una silueta que pasó cerca del pasto crecido, contiguo a la verja. De inmediato salió corriendo. Ramona se levantó y también corrió tras el gato, pero con pasos cortos para no fatigarse esta vez. Vicente corría de un lado para el otro, como si estuviera jugando baloncesto, tratando de arrebatar la bola. De momento, el gato se quedó quieto. Luego dio un salto hacia el lado contrario de donde se encontraba Vicente. Mauricio se escabulló y tomó rumbo hacia el patio posterior. Ambos fueron tras él.

Se quedaron mirándolo a distancia. Comía hierba. La mujer se dispuso a acercarse a Mauricio, pero su hijo la detuvo sujetándola por la mano. Ella se sorprendió.

—Déjalo, parece que algo le cayó mal —le dijo Vicente comprensivo.

—Sí, creo que por eso fue que se me escapó. ¡Ay bendito!, quería limpiarse el estómago. Por un momento pensé que hasta los gatos se rehusaban a abandonar a Puerto Rico —dijo la mujer, echando una carcajada ahogada.

—Todos quienes lo queremos, nos rehusamos... —suspiró y repuso—, pero, a veces, no hay más remedio. Si no fuera porque Constanza me hace falta, la suegra está enferma, y donde único la pueden atender es allá; no nos iríamos. Sé que regresaremos —acotó Vicente.

—¿Cuándo?

—En algún momento…

El ruido constante de la bocina del auto les avisó que ya debían partir. El gato, cabizbajo y a paso lento, se unió a ellos.

Sandra Santana

RÍO REVUELTO

"Nosotros, los de entonces,
ya no somos los mismos".
—Pablo Neruda

Aún caía una llovizna leve cuando Micaela decidió bajar para acercarse a la ribera del río. Las abundantes escorrentías removían la tierra saturada por la lluvia de las últimas horas y el trayecto cuesta abajo estaba muy resbaloso. El fuerte olor que emanaba de la extensa cantidad de hojas, flores y frutos caídos la hizo estornudar varias veces. Se aferró a uno de los pocos árboles que quedaron en pie para tomar aire y recobrar fuerzas. Los vientos huracanados fueron implacables. La vista del paisaje arrasado era dolorosa. Tanta claridad alrededor daba cuenta del desastre reciente. Desde allí podía ver casas, antes ocultas por la vegetación. La mayoría no tenía techos y muchas quedaron desbaratadas. A la terrible aura de desolación que se había adueñado de todo el paraje se sumaba el ruido de los machetes y el alboroto de los hombres y mujeres que despejaban los caminos. Ella también se unió a las labores, pero su prioridad era la vereda. Con mucha dificultad, llegó lo más cerca que pudo, se sentó en una roca e intentó poner su mente en blanco. Se hallaba tan aturdida que no quería pensar en nada y en un principio supuso que, en aquel lugar tan amado, podría encontrar un poco de sosiego. Acostumbraba bajar cada tarde. Le fascinaba la sensación de paz que provenía del contacto con la naturaleza y se embelesaba ante el espectáculo de las aguas que, regularmente, se deslizaban mansas al pie de la montaña. Pero aquella tarde, el caudal contaba con toda clase de objetos, desde ramas y arbustos hasta planchas de zinc, maderas y muebles despedazados en la furibunda carrera. A la vera se iban quedando juguetes, ropas y cachivaches que salían disparados del furioso torrente.

La mirada de Micaela se dirigió hacia un bulto que quedó atascado entre unas rocas. Bajó un poco más, para ver si divisaba lo que era aquello que la corriente turbulenta zarandeaba. En cuestión de segundos, vio horrorizada que se trataba de un cuerpo humano lo que el río desplazaba. No le era posible reconocer si se trataba de un hombre o una mujer. Era un cuerpo escuálido de cabellos cortos que vestía un pijama deshilachado. Pudo imaginar la cara desfigurada por los golpes y el cuerpo vapuleado, vaciado de sangre, abandonado a su suerte en aquella loca carrera. Al paso que iba, estaría despedazado cuando dieran con él. En algún momento encontrarían los restos de aquel ser enredado entre los matojos y carcomido por las alimañas. Quiso gritar, pero el espanto era tan grande, que no pudo proferir sonido alguno. Solo pudo pensar, con dolor, que aquel cuerpo podía ser el de su madre, o el de su padre, tal vez un hermano, o un vecino, alguien que no tuvo ayuda, que no pudo prepararse, o una persona sola a quien la fuerza de los vientos arrancó de su casa. Siguió el curso de la figura infortunada hasta que desapareció de su vista. Un sollozo se le ahogó en la garganta. Le pareció que, de pronto, ante sus ojos se develaba una isla distinta y que el futuro se presentaba aterrador. Quiso avisar a los demás, pero ya todos se habían alejado para seguir removiendo obstáculos de las calles.

El llanto de Micaela se desencadenó atronador. Gritó. ¿Cuántos muertos más habrá dejado el huracán? ¿Quién les dará un entierro digno? ¿Cómo sobreviviremos ante esta desgracia tan nueva?, se preguntaba desconsolada. La Isla toda era un río revuelto.

Inició el ascenso. Ansiaba alcanzar a los demás para relatarle lo que acababa de ver. Se acomodó el cabello empapado detrás de las orejas y miró sus manos llenas de lodo. Se sentía tan distinta, que le costaba creer que solo había transcurrido un día, desde su último día de trabajo en la oficina. Mientras subía, a su mente llegaban las imágenes de la tormentosa madrugada. Las ráfagas infernales rompieron varias ventanas y el agua inundó su casa. La ropa y gran parte del mobiliario se mojaron. El sentimiento de pérdida la mantuvo abrumada, hasta que vio el cuerpo en el río.

La lluvia, que no se quería despedir, desprendía suavemente el fango y las hojas pegadas a su blusa y a sus mahones. A la mitad de la subida, resbaló y comenzó a rodar. Se logró agarrar de un tronco caído cerca de donde estuvo sentada. La corriente continuaba su trajín afanoso. El bramar de las aguas la desconcertaba y, llena de pánico, quiso huir, pero ¿adónde? No podía escapar de la realidad. Miró con pesadez hacia arriba y volvió a intentarlo. Enterraba el machete para apoyarse y cuando la tierra cedía, se aferraba con las manos al suelo o algún arbusto sobreviviente de la masacre. El surco empedrado era una pátina resbaladiza. Con mucho esfuerzo, logró llegar al punto de partida y se dirigió al camino principal, de donde provenía el vocerío.

Los vecinos continuaban removiendo ramas y escombros, desesperados por abrir paso para saber de los demás. Los sistemas de comunicación no funcionaban, lo que aumentaba la preocupación de todos, al no tener noticias de los familiares y amigos. Sin teléfonos ni celulares, sin agua ni energía eléctrica, el país entero había colapsado. Micaela les habló de su hallazgo y, luego de la reacción inicial de consternación, retomaron las labores con más fervor.

La lluvia se reanudó con estrépito. En lo alto de la montaña, refrescaba los cuerpos sudorosos, se mezclaba con las lágrimas de los dolientes y formaba un largo llanto, que se desplazaba trabajosamente en una carrera llena de obstáculos. Abajo, se empeñaba en seguir alimentando el caudal, que dirigía el éxodo irremediable de los muertos.

LA MALDICIÓN

Escogió la túnica escarlata. La ciñó con un cinto negro y se colocó la estola, también negra. Unos polvos de alheña en las mejillas y en los labios concretaron el efecto final. Se colocó el velo y salió por la puerta trasera del palacio. Dirigió sus pasos al mercado mientras la neblina, que cubría las montañas, poco a poco descendía y se esparcía sobre el pueblo, con su habitual parsimonia. Un niño le salió al paso y le susurró algo al oído. Ella le dio una moneda de plata y prosiguió su camino hacia una de las tiendas.

Julie despertó animada, con una excitación que le corría el cuerpo. Trató de recordar el sueño, pero a su mente solo llegó una imagen envuelta en una niebla, que asemejaba el humo de una hoguera. No tenía tiempo para esforzarse en recordar, de modo que aceleró el ritmo mañanero. Escogió un vestido rojo y se colocó una chaqueta negra. Se maquilló con el esmero de siempre y escogió el perfume con fragancia de madera y especias. La imagen que le devolvió el espejo la satisfizo. Sonrió complacida y salió rumbo al trabajo. Las labores secretariales en la imprenta era monótonas, pero no se desgastó en lamentaciones debido a que una suave complacencia la mantuvo en vilo durante todo el día. Al llegar a su casa, aún disfrutaba aquella sensación de levedad, como si flotara, como si una parte de su ser se encontrara en otro lugar, en uno de goce pleno, enajenada del mundo y su dura realidad. Envuelta en aquella atmósfera placentera, se retiró temprano a dormir.

Entró a la tienda de lámparas y cruzó hasta el final. Apartó la gruesa cortina dorada y se quedó quieta, esperando que sus ojos se acostumbraran a la penumbra. Vio con agrado cómo la luz de un candil se desplazaba hacia ella. El rostro amado quedó al descubierto. Sus ojos, verdes como las montañas de Calabria, su piel aceitunada, suave y brillante, el sudor que mojaba sus ropajes corrientes: todo en él era un enigma que la atraía con fuerza, un juego de luces y sombras del que no podía, del que no quería escapar. Desfallecía en aquellos brazos rudos que, antes del abrazo, apagaron el candil. Solo la oscuridad fue testigo del encuentro. De pronto, el ruido de voces los alertó. Apenas tuvieron tiempo para vestirse. Quedaron espantados ante el implacable mensajero del gran emperador Augusto, padre de la joven.

Emergió de los confines del sueño mucho antes de que la alarma del reloj sonara. Tuvo la sensación de que algo formidable pasaría. Más bien, que en realidad estaba pasando a otro plano de conciencia o a otra dimensión que se cruzaba con la actual. Desechó la idea por absurda y se dispuso a prepararse para ir a trabajar. Pensó en el compañero de tertulia de la cafetería. Era alto y musculoso. Le fascinaban sus ojos, verde aceituna, bajo unas cejas espesas. Aquel hombre despertaba en ella una inquietud inusual. Hacía mucho tiempo que no se sentía así, tan llena de vida. Nunca un café le supo mejor que el que tomaba junto a él. Ninguno iría a trabajar; habían acordado verse en un lugar cercano a la playa. El mensaje en el celular fue como una caída abrupta. Su esposo le avisaba que regresaría en tres días porque la convención terminaría antes de lo planificado. Se sintió pesada. Hacía varios años que no se sentía bien junto a él. Había llegado a la conclusión de que necesitaba un cambio en su vida. Pero ¿cómo hacerlo? Una urgencia que no lograba comprender la empujaba a acometer una aventura tras otra.

Se encontraron, según acordado. No pudieron resistir el impulso de entregarse al placer al que la pasión los empujaba. Hicieron el amor por primera vez, pero ambos sintieron que aquella cita ya había ocurrido antes. Ninguno se atrevió a comentar la ocurrencia tan extraña. Solo vivieron el presente que se les aparecía como un espacio sin tiempo.

Julie regresó a su casa sonriente, liviana. Tarareó varias canciones románticas antiguas, mientras preparaba su cena y la ropa que usaría al día siguiente. La ensalada *Ceasar* con aceite de oliva le supo a gloria. Para terminar, comió unas uvas rojas con gran deleite. Se sintió como una princesa romana. Sonrió por la ocurrencia. Pero al acostarse, una mezcla de sentimientos e ideas la mantuvo ocupada. Sabía que tendría que tomar una decisión y que esta sería trascendental. No hacer nada también era una opción. Nadie tenía que salir lastimado. De una cosa estaba segura, no renunciaría a vivir aquel romance que le infundía tantas ganas de vivir.

"Te lo advertí, Julia, tu comportamiento es inaceptable. Ya no puedo pretender que no me entero. Todo el pueblo sabe de tus transgresiones y esperan que actúe. Eres mi hija, pero es imposible seguir cubriendo tus faltas. Mañana serás enjuiciada". El emperador le dio la espalda y se marchó, furioso.

Julie abrió la gaveta del escritorio en busca de un bolígrafo y encontró una nota escrita a mano: "Entérate. Hay cámaras de seguridad donde menos te imaginas. Todos tus movimientos están grabados, incluyendo los de ayer". Tuvo que taparse la boca para ahogar el grito que se le escapaba. El miedo la invadió. Se levantó y miró hacia el pasillo. No había nadie. Dio un brinco cuando el teléfono sonó. En lugar de contestar, tomó su cartera y salió casi corriendo. En su auto rompió a llorar, asustada. No alcanzaba a colocar la llave para encender el auto; tanto le temblaban las manos.

Ante sus ojos vio pasar su vida. Los últimos años de matrimonio no habían sido buenos, pero ¿cómo justificar la infidelidad? ¿Cómo hacerle frente a un marido viejo, celoso y furibundo? Ella sabía mentir bien, pero de seguro él no iba a creerle, aunque le jurara, que no era lo que parecía. Tal vez la persona que escribió la nota pretendiera chantajearla. ¿Cómo reaccionar ante eso? ¿Y si ya todos en la oficina lo sabían? ¿Cómo volver a trabajar allí, con las miradas acusadoras sobre ella? No podría soportarlo. ¡Qué escándalo! Se sintió aplastada. Logró encender el motor y corrió sin rumbo fijo por largo rato antes de tomar la decisión: se marcharía del país. Debía actuar rápido.

Se quedó dormida a los pocos minutos de despegar el avión.

"Tu condena será el destierro permanente. Te has negado a vivir como una mujer recta y a cumplir con las reglas morales del imperio. Has puesto en deshonra a tu padre y a tu familia. Pagarás por tu osadía en esta vida y en las venideras". A Julia no le importó la dureza de su padre, ni lo cruel de la pena, ni siquiera la maldición incluida en su sentencia. Por fin se libraría de una sociedad que aborrecía profundamente. Sonrió y partió, custodiada por soldados, pero con la frente en alto. Una espesa niebla cubría todo aquella mañana. ¿Acaso así quedaba sellado para siempre el pasado? ¿Acaso un presagio del porvenir? Una ventisca ligera la sobresaltó al momento de entrar al carruaje. Se estremeció y levantó el rostro. Aquellos ojos almendrados, color canela, se encontraron con los de Julie. Fue como mirarse en un espejo.

El grito la arrancó del sueño.

—¿Se siente bien, señora? ¿Cómo puedo ayudarla?

Julie salió, poco a poco, del estado de espanto en que la dejó el sueño. Agradeció a la azafata el vaso de agua y trató de serenarse. El vuelo le pareció interminable.

El café neoyorkino no era el mejor, pero ella se negaba a dejar aquel vicio que le espantaba el más mínimo rastro de sueño. Tomó el último sorbo y se disponía a levantarse, cuando lo vio. Era el hombre más hermoso que había visto en su vida: alto, moreno, ojos oscurísimos, nariz larga, labios que invitaban a probarlos. Parece un soldado romano, pensó. Sus miradas se encontraron. El lugar estaba lleno y ella lo invitó a su mesa. Hola, me llamo Antonio. *Julia*, respondió ella con una sonrisa que a él le pareció perturbadora.

Afuera, una humareda inexplicable se fue acercando, pero las fuertes ráfagas otoñales se encargaron de disiparla por completo.

UN NEGOCIO COMO CUALQUIER OTRO

Ernesto entró a la oficina con un desánimo que no recordaba haber sentido en mucho tiempo. Se dejó caer en la silla y miró el escritorio atiborrado de documentos. Dejó escapar un resoplido de hastío al pensar en la agenda del día. En cada expediente, llamada, entrevista o conversación con clientes, solo lo esperaban problemas y más problemas. Se sentía abrumado. Un *carcomillo* le recorría el cuerpo, era como no caber en sí mismo, como no tolerarse a sí mismo.

La Cooperativa Obrera estaba en su momento cumbre. Creada en su origen para servir a los obreros de empresas privadas, ofrecía planes de ahorro y una variedad de préstamos con intereses más bajos que los de los bancos. Había crecido más de lo proyectado y tenía solidez financiera, tanto que había sido reconocida por la Organización Nacional de Cooperativas. El éxito se debía, en gran medida, a la labor tesonera de Ernesto, dotado de habilidades excepcionales en el área de las finanzas. La última década de su vida la había dedicado exclusivamente a la institución que ayudó a fundar.

A media mañana llegó Bruno, su asistente, con el café. No había un empleado más puntual que él. Durante diez años había cumplido siempre con sus tareas en forma extraordinaria; era metódico y disciplinado a más no poder. Saludó con suma deferencia a su jefe, dejó la taza en la mesa de conferencias y volvió a su cubículo.

Era un ser impenetrable, nunca daba una opinión si no se le pedía ni iniciaba conversaciones. Al parecer, nada más en el mundo le entusiasmaba y nunca se le vio perder el temple, ni siquiera cuando surgían problemas que demandaban su atención inmediata, aun fuera de horas laborables. Acataba las órdenes sin chistar. Más de uno murmuraba que la oficina era su casa y el trabajo, su vida. No se diferenciaba mucho de Ernesto, por eso trabajaban en absoluta sincronía.

Ernesto lo observó detenidamente, tal vez por primera vez en todo el tiempo que llevaba trabajando a su lado. Repasó mentalmente las ejecutorias del asistente. Impecable en su apariencia, organizado, respetuoso y servicial. Servicial no, más bien servil. No recordaba un solo instante en que Bruno le hubiera llevado la contraria. Siempre exponía argumentos válidos cuando se le pedía una opinión, pero acataba cualquier decisión sin oponerse, aunque en ocasiones, al final, resultara que él tenía razón en su planteamiento. Tal vez pensaba que no contrariar a su jefe era parte de sus funciones. Pobre hombre, pensó Ernesto. Debe ser frustrante pasar por la vida siendo un segundón, aunque tal vez no fuera tan malo, después de todo.

Se levantó y caminó hasta la ventana. Sacó la carta que traía bien guardada en el bolsillo del pantalón. Era del licenciado Soberal, presidente de la Cooperativa Mundo Nuevo. Se trataba de un contrato de compraventa, pero el objetivo secreto era hacerlo pasar como una fusión ante la agencia reglamentadora. La propuesta era muy beneficiosa, especialmente para él. Se quedaría en la dirección de la junta de directores de la nueva cooperativa, que llevaría el nombre del comprador. El salario inicial le sería duplicado. Le tocaría estar al frente de un proyecto de mercadeo para atraer a más clientes, particularmente dirigido a trabajadores del sector gubernamental, donde se podrían obtener mayores ingresos.

Además, la contratación con el gobierno estaba entre las posibilidades para aumentar sustancialmente las ganancias. Al finalizar el primer año podría jubilarse y tendría derecho a una jugosa pensión. Luego, paulatinamente, irían descartando a la mayoría de los empleados para disminuir la nómina y lograr eficiencias en ese renglón. No le pedían sugerencias. Todo estaba calculado meticulosamente. Lo más importante: se trataba de un pacto estrictamente confidencial entre ambos presidentes. Solo tenía que firmar. Con un ligero temblor en las manos, guardó nuevamente la carta en el bolsillo, a la vez sacó un pañuelo y secó el sudor que le comenzaba a resbalar por los surcos de la frente.

Se sentó nuevamente. Al probar el café le supo amargo, pero el sabor no provenía del líquido; sentía que emanaba de su ser. No era el trato lo que le provocaba la sensación desagradable, era su reacción íntima lo que lo consternaba y consumía. Pensó en lo que había sido su vida y le apenó recordar cómo había aprendido a vivir con múltiples obligaciones y muchos deseos sin cumplir, en gran medida, debido a la falta de tiempo y algunas limitaciones de índole económica. El salario, aunque razonable, se había quedado corto debido a la inflación que ya llevaba una década, mientras el ingreso permanecía estable. De pronto, la posibilidad de un retiro con una pensión jugosa, que le asegurara un mayor poder adquisitivo, le seducía. Ya peinaba canas; merecía una gratificación después de tantos años de trabajo duro, se decía. Pensó en su esposa. Tantos años dedicada a hacerle la vida lo más confortable posible. Admiró el estoicismo con el que había soportado la vida junto a él, con tan pocas recompensas. ¿Hasta cuándo?

La propuesta se le había convertido en un suplicio. Si aceptaba, desaparecería el taller de trabajo al que se había dedicado en cuerpo y alma. Los diez empleados que laboraban en la sucursal perderían sus empleos y, con lo difícil que estaba el mercado laboral, muchos tendrían que dedicarse a otros oficios o, muy probablemente, se verían forzados a emigrar a otros países. En su mayoría se trataba de personas jóvenes, sin duda alguna se adaptarían a los cambios, justificaba para sus adentros. Para él era diferente porque ya tenía sesenta años y era iluso pensar en salir a competir por un empleo con jóvenes que, aunque sin su experiencia, tenían la apariencia de frescura y vitalidad que gustaba a los empleadores. Sacudió la cabeza en negación. Se esforzaba en convencerse de que merecía tener la oportunidad de vivir de una manera más holgada.

Se aflojó la corbata y cerró los ojos. Un sudor frío le mojaba el cuerpo, a pesar de que el acondicionador de aire estaba funcionando tan bien como de costumbre. Regresó a la ventana. Divisó el cabello rojizo de Bruno. El leal asistente cruzaba la calle para comprar almuerzo. Traería el suyo también, como todos los días. No pudo evitar sentirse miserable. Respiró profundo, en un intento por sacudirse la sensación de fracaso. Sabía que debía tener la mente clara para poder pensar en todas las razones válidas para firmar el acuerdo, y en todas las posibles excusas para justificar la alianza. Después de todo, aquel era un negocio como cualquier otro.

Se apartó de la ventana y contempló con cierta pena su oficina: un espacio sobrio, ordenado y limpio. Apreció las paredes blancas, la luminosidad, el mobiliario y el equipo. Sobresalía el olor a lavanda del detergente que usaba la empleada de mantenimiento. Se movió con lentitud y se detuvo para deslizar una mano por la superficie de caoba reluciente del escritorio. Suspiró profundo. Sonrió. Si algo iba a extrañar era aquella suavidad al tacto.

AUTORAS INVITADAS:

Zayra Taranto
Lynette Mabel Pérez

Perder el cuerpo
Zayra Taranto

El laboratorio donde acostumbraba a desinfectar los materiales quirúrgicos es demasiado pequeño para improvisar un juzgado. No sé cómo no están aturdidos con el fuerte olor metálico del formol. Me separo de los guardias de seguridad que me escoltan para mirar a través del pequeño cristal en la puerta de la que fue mi oficina. Veo al director del hospital, reunido con los practicantes que tuve bajo mi tutela. Bajo la cabeza, mientras pienso en cómo sucumbí a los caprichos de una anciana. Sé que para ella los ojos eran más que una parte del cuerpo.

Todos me miran intrigados, parece como si quisieran interpretar mi lenguaje corporal. Sospecho que se preguntarán cómo me voy a defender. Dos de los doctores, que son miembros de la junta del Hospital Universitario, ya están sentados detrás de una mesa que han traído desde el salón de conferencias. Uno de los guardias me señala la silla donde me tengo que sentar. Mis pensamientos fluyen rápidos y sé que, si no me concentro, me van a linchar con preguntas. Hago un recuento mental de las palabras claves que memoricé desde el día que registraron mi oficina sin darme explicaciones. Me acordé de que sacaron los expedientes de todos los cadáveres, mientras yo les daba las espaldas para tirar mis uniformes quirúrgicos percudidos con sangre. Hubiera querido que aquel día fuera uno rutinario y en lugar de lidiar con el drama humano concentrarme, como siempre, en diseccionar el bloque de cadáver, para perderme en la incógnita de ese cuerpo.

A los pocos minutos entra el director del hospital con otro doctor que no reconozco, pienso que debe ser de otra ciudad. En total suman seis; entre ellos, el director del Departamento de Oftalmología y el rector de los programas de investigación de la Universidad, desconozco a los otros. Finalmente, entra la secretaria de la dirección, que fue mi compañera de trabajo en Puerto Rico y llegó al hospital para el mismo período en que comencé en la universidad. Ella coloca una grabadora sobre la mesa y frente a cada una de las sillas, deja expedientes extensos que tienen en la portada el logotipo del hospital y el de la universidad. Aunque estoy consciente de que debo esperar cualquier cosa de esta vista, me altera la tipografía enorme con que han identificado las carpetas: "The Visible Human Project".

Un empleado de mantenimiento entrega a mi excompañera varias botellas de agua y las coloca sobre la mesa. Se aproxima para darme la que me corresponde y, tímida, hace una mueca que siento como un abrazo. Ya todos estamos sentados menos ella, que se ha quedado en una esquina en espera de instrucciones. Sospecho del porqué no me han entregado una copia del expediente. Uno de los presentes, de los que no conozco, activa la grabadora y se presenta como el doctor Smithman. Es el investigador asignado por el Comité de Ética de *The American College of Physicians*. Presto atención para entender los detalles de la agenda parlamentaria a la que seré sometido. El encargado de la sección me pregunta si tengo todo claro, puntualiza que la vista es solo para recopilar datos y que ocurre independiente al caso que se verá en los tribunales. Hago un gesto de que lo comprendo. Entonces el doctor le hace señas a la secretaria para que comience. Ella lee el título de mi proyecto, la fecha de hoy, los nombres de los integrantes de la junta con sus credenciales y mi nombre.

—Buenos días, doctor, y gracias por comparecer, ¿se puede identificar para fines de récord?

—Sí, soy el doctor Sotomayor, Víctor Sotomayor —se me olvida decir mi preparación académica y tartamudeo—. Soy especialista en anatomía humana y dirigía, hasta la semana pasada, "The Visible Human Project", una de las investigaciones de la Universidad.

—Explíquenos sus méritos para dirigir el proyecto.

—Me doctoré en Filosofía en Anatomía del Recinto de Ciencias Médicas de la Universidad de Puerto Rico, y luego trabajé en el Departamento de Trauma del Centro Médico en la Isla. Hace dos años comencé en este hospital un programa anatómico de investigación.

—Doctor Sotomayor, por favor, explique su rol y el de sus estudiantes.

—Mi enfoque comenzó dirigido a perfeccionar los conocimientos en anatomía humana. Buscaba crear un diccionario virtual de órganos para integrarlo a la educación de los estudiantes. Verán, en las primeras clases para los nuevos ingresados se utilizan los libros de texto. Luego se continúa con órganos de donantes, pero ambos recursos son deficientes. Pretendí que el diccionario digital ayudara a los estudiantes, y que al seleccionar un órgano pudieran identificar la enfermedad que lo afectaba, la edad, el sexo, y al ser 3D fuera posible ver la totalidad de la víscera. También serían capaces de ampliar la fotografía para observar el más ínfimo detalle, como una cicatriz o tumor, sin prisa, porque no era un cuerpo en proceso de descomposición. Así que, con un grupo avanzado de estudiantes y con los pocos recursos que teníamos disponibles, comenzamos a fotografiar cada órgano.

—Sea más especifico, ¿de dónde provenían los órganos?

—Como dije, trabajé en el Centro de Trauma en Puerto Rico, donde se me ocurrió la idea. A diario nos llegaban cadáveres de jóvenes, ya fueran accidentados o baleados, que eran excelentes especímenes para la investigación. A edad temprana los músculos no están atrofiados y permiten una mejor visibilidad de su función.

El primer contratiempo fue el no tener equipo disponible, sin embargo, había una gran cantidad de estudiantes que podían ayudar a preparar la primera fase del proyecto: la burocrática. Nos reunimos en varias ocasiones y llegamos a la conclusión de que el proyecto no sería viable por falta de fondos; ambos, el Centro Médico y Ciencias Médicas están en un estado precario. Así que dividí a los estudiantes en dos grupos: los que se encargarían de preparar el plan operacional, además de conseguir los fondos, y los que buscarían los cadáveres y los permisos de los familiares. Entre todos los cuerpos que llegaron pensamos que debíamos concentranos en los que morían a causa de accidentes automovilísticos.

—¿Por qué los accidentados? —cuestiona el presidente de la vista administrativa como parte del interrogatorio.

Yo tenía claro que mientras menos elaborara las contestaciones sería mejor para mí. Me limité a decir que la industria automotriz nos pareció la más fácil de persuadir y la más probable para conseguir fondos. Ante mi escueta respuesta, el doctor que fungía como presidente me interrumpe.

—Doctor Sotomayor, yo no sé si usted entiende que esta junta es la única que puede ayudarlo; conteste con detalles las preguntas y agradezca que, en nombre de la ciencia, todos hayamos sacado de nuestro tiempo para estar aquí.

—Agradezco el tiempo de todos y hago mi mejor esfuerzo en recordar —me quito los lentes para limpiarlos porque a causa del sudor se deslizan hasta la punta de mi nariz.

—Continúe —insiste el presidente.

—Antes de contactar a las compañías de autos, preparamos un estudio académico dirigido a los ejecutivos, pero narrado en un lenguaje técnico para que tuvieran que involucrar a los ingenieros y a los diseñadores. En el informe dábamos garantías de que luego de digitalizar los órganos podíamos calcular, tomando en consideración el lugar de impacto en el vehículo y el tamaño promedio del individuo, el espacio necesario de supervivencia dentro del carro. A ese espacio lo llamamos área crítica.

—Entonces, ¿¡cambió el propósito de la investigación!? —me interrumpe la única doctora en la mesa.

—Se amplió el área de estudio...

—¿¡Y usted no ve ningún problema ético!?

—No —vuelvo a acomodarme los lentes—. Es como cuando se opera a un paciente para extirpar un tumor en el páncreas y se encuentra también un pulmón comprometido. Déjeme regresar al proyecto para explicar mejor. En las autopsias, donde el impacto al auto fue frontal, encontramos que en muchos casos el volante les quebró las costillas, que a su vez, les perforaron los pulmones. Si durante el choque el guía se hubiera desplazado varios centímetros, digamos que hacia alguno de los lados y no a la caja toráxica, quizás el conductor no hubiera fallecido.

"Así que, como expliqué, lo innovador era precisar el espacio necesario para la desviación del volante. Esa protección a los conductores les daría a los fabricantes un punto de venta adicional, y a nosotros, la oportunidad de financiar el proyecto. De igual manera, presentamos otras alternativas. Investigamos los cinturones de seguridad que, aunque entendíamos que evitaban el impacto inicial contra el cristal o que la persona saliera expulsada del auto, al quedarse atascados se les podría reventar la vejiga. Entonces, sugerimos un sistema parecido a los que se utilizan en los *jets* del ejército. Otra de las alternativas que para mí es la más segura, aunque de una inversión mayor, es que al momento en que el auto sea impactado, de frente o por alguno de los lados, los asientos se desplacen hacia atrás, para liberar al conductor y al pasajero del área crítica".

—Disculpe, doctor Sotomayor, le hago una pregunta y solo por curiosidad. ¿Usted tiene conocimiento si los fabricantes tomaron alguna de las propuestas en consideración? —pregunta uno de los doctores.

—Solo un fabricante japonés, en su modelo deportivo.

—¡Prosiga con su declaración! —insiste el presidente de la mesa, molesto por la interrupción.

—Necesitábamos conseguir quién financiara el proyecto, pero a mediados de septiembre nos interrumpió un huracán que devastó la Isla. En esos momentos todos los médicos nos envolvimos en los cientos de casos que nos llegaban a diario. Las primeras semanas no tuvimos energía eléctrica para mantener encendidas las maquinarias que daban soporte a muchos pacientes, no podíamos ni siquiera dializar. Tuve que realizar cirugías, amputaciones, atender niños, y tratar de diagnosticar enfermedades infecciosas que ya estaban erradicadas. En fin, por varios meses trabajé con patologías que solo había estudiado en la escuela de medicina.

"Como a los ocho meses después de la catástrofe, uno de mis discípulos comenzó a trabajar en este hospital. Walter, que es mi ayudante, o mejor dicho, era, me envió por *WhatsApp* la convocatoria de propuestas para la investigación en la Universidad de este Hospital.

"Hacía meses que no leía ni mis correos electrónicos; confié en el muchacho y le di mi información para que hiciera *login* en mis correos y verificara si había alguna respuesta a la petición de fondos. Ninguna contestó que sí, pero la compañía japonesa mostró interés en reunirse y conocer del proyecto, así que le envié todo el material. Walter fue productivo y se presentó ante la junta de directores de la Universidad y les entregó una carta de intención del fabricante que aceptó financiar el proyecto por seis meses; ya lo único que necesitábamos era un laboratorio y cadáveres, por suerte, este hospital tenía ambos. (El presidente de la vista le extiende un papel a la secretaria para que me lo entregue: *Por favor, limítese a las operaciones.* Lo reviso, pero antes de continuar abro la botella de agua y bebo un sorbo).

"En diciembre de 2017, cuando llegué al hospital, tenía asignada una oficina en el área de la morgue, al lado de los congeladores. Walter me ayudó a identificar a varios estudiantes que mantenían un promedio académico de excelencia. Enviamos el catálogo a la oficina central de la fábrica de autos, con las especificaciones del equipo fotográfico, pero ellos se negaron a pagar por un equipo alemán; transamos por un facsímil que fabricó Nikon.

"Me enteré de que los japoneses, ya para enero, habían depositado los fondos acordados en una cuenta bancaria de la universidad. Yo nunca vi el dinero —traté de modular mi voz, mientras secaba mis manos sobre el área de los muslos de mi pantalón—. Entregaba a la oficina de compras un listado para que consiguieran el material quirúrgico necesario. De inmediato nos reunimos con el Departamento de Ingeniería del Hospital para trazar los planos con la ubicación de las tomas eléctricas y las lámparas. Sin embargo, para conseguir los cadáveres en un período tan corto, tuvimos que hacer un esfuerzo mayor. Llamamos a las morgues de los hospitales regionales para que nos enviaran pacientes que hubieran muerto en las condiciones que les he explicado. Fue lamentable que muchos familiares se negaran a donarnos los cuerpos. Tardamos tres meses para conseguir los cadáveres de hombres jóvenes, y unos cuantos más, para los de mujeres normales. Con normales quiero decir que no hubiesen sido sometidas a cirugías o sufrieran de alguna enfermedad crónica".

Detuve mi planteamiento y no testifiqué que también había llamado a Ciencias Forenses en Puerto Rico, pero luego los descarté porque no podían garantizar que los cadáveres, que continuaban apiñados en vagones, hubieran tenido la refrigeración adecuada.

—Como les mencioné, en los cuerpos jóvenes los músculos no se han atrofiado y los órganos se distinguen mejor. En los primeros días, los estudiantes se entrenaron en el funcionamiento del equipo fotográfico y luego los supervisé en las disecciones. Walter se encargaba de retirar al donante del congelador y luego, devolver sus remanentes. También verificaba que la información concerniente al cadáver estuviera anotada en el expediente. Primero, se verificaba su sexo y luego, se le asignaba un nombre ficticio. Anotamos la estatura, el peso y las condiciones en las que falleció. Como primer cadáver, Walter escogió uno masculino, al que nombró Elías. A este y a los que les siguieron, los seccionamos en cuatro pedazos grandes para formar bloques similares en tamaño. Luego, con una pequeña sierra de mano, íbamos desprendiendo y triturando hasta un milímetro de tejido orgánico. La primera foto que tomamos fue al bloque restante.

—¿Cuál es el bloque restante? —me pregunta el doctor del cual no sé nada.

—Las extremidades: pies, manos… —respondo—. Ya con el espécimen listo, en el caso de Elías, tomamos dieciocho mil imágenes que identificamos en el ordenador por las características que ya he mencionado. Quiero dejar claro que nunca incluí el nombre propio del donante.

—Muchas gracias, doctor —dice el encargado de la vista mientras ojea el cartapacio que tiene sobre la mesa. Por unos segundos golpea los papeles con los dedos a un ritmo acompasado. Recuesta el torso en el espaldar de la silla y me mira.

—¿El nombre de Josefa Fornes, le es familiar? —hace un gran esfuerzo al pronunciar el nombre en español.

Entonces yo también me acomodo, repito su gesto, y observo a las seis personas que me interrogan.

—Sí —contesto.

—Háblenos de esa relación.

—La vi por primera vez en el vestíbulo de la escuela de medicina. Vendía flores para el fondo de becas de los estudiantes y, alguna que otra vez, le compré.

Cansado de subirme de continuo los lentes, opto por dejalos sobre la mesa. La doctora, que es especialista en anatomía, me pregunta.

—¿Usted nos puede explicar cómo es que una vendedora de flores, que no es estudiante del programa, ni paciente del hospital y que todavía respira, llega a ser parte de su proyecto? —El presidente la mira molesto por la interrupción.

—Doctora, vamos a seguir con el curso establecido —le dijo con firmeza—. Doctor Sotomayor, por favor, continúe. ¿Luego de verla en el vestíbulo, surgió una amistad?

—No, nunca hubo una amistad —recojo los lentes, para volver a ponérmelos, pero al escuchar la próxima pregunta los dejo sobre la mesa.

—¡¿Pero hubo reuniones en su oficina!? —interrumpe de nuevo la doctora.

—Sí, las hubo.

—¿Participó alguien más?

—No.

—¿Ni siquiera su ayudante?

—No, grabé solo las sesiones de ella.

Hay silencio, miran los expedientes, espero a que alguno de ellos pregunte el porqué no está toda esa evidencia, pero el presidente interpela a la secretaria.

—¿Usted sabía de las grabaciones?

—Sí.

—¿Por qué no aparecen las transcripciones en el expediente?

—Disculpe, los vídeos no estaban en la lista de documentos que solicitaron, además, no tenemos esas entrevistas porque pertenecen a la universidad.

No preguntaron más del tema.

—Vuelva a Josefa —me ordena el ejecutivo principal.

—Llegó en silla de ruedas hasta mi laboratorio. Me mostró un artículo de periódico que reseñaba mi proyecto de "Visible Human". Solo dijo que quería ser parte de la investigación y me entregó el recorte del periódico. La reconocí y, por cortesía, la invité a pasar a mi oficina. Ella era muy generosa con mis estudiantes. Comencé por decirle a Josefa que estudiamos cadáveres; de inmediato, sacó un expediente médico de un bolso de tela negra que llevaba enganchado en el espaldar de la silla y me lo entregó. ¡Pronto estaré muerta!, me dijo.

"Insistí en explicarle que el proyecto estaba dirigido a explorar anatomía joven. Que, por la cantidad de cirugías anotadas en su expediente y las enfermedades crónicas descritas, que leí a vuelo de pájaro en los papeles que me entregó, no podía ser donante. Pero ella fue persistente, en ningún momento aceptó mi negativa, tenía una respuesta tajante para todo lo que yo le decía. Llegó a sermonearme con que la muerte podía ser una maestra y que debía aprovechar que ella era la candidata perfecta. Dijo que lo hacía por los estudiantes, por el avance de la medicina, y que la medicina siempre debía estar ligada a la humanidad del paciente. Habló de lo poco compasiva que era la clase médica y que las aseguradoras eran peores. Yo estaba molesto. Le respondí que me importaba poco la compasión que pudieran tener los médicos incompetentes, que mi labor era enseñar anatomía a los estudiantes y atender lo patológico; que al sacerdocio y a las emociones personales se dedicaban otros profesionales. Ella, aunque pensativa, movía la cabeza en desacuerdo. Josefa, le dije con suavidad, si se forman como doctores compasivos será fantástico, pero si no, si son solo excelentes doctores, ¿qué de malo tiene? Pensé que luego de esa contestación jamás volvería a hablarme, pero lo que me replicó fue que nunca estaríamos de acuerdo.

"Me esperaba con el periódico de la Isla todos los días, no sé cómo lo conseguía. Ya para la tercera visita, mientras yo trabajaba, me hablaba de la crisis y repetía que yo tenía que regresar a nuestro país. No le presté mucha atención a ese discurso, pero su ofrecimiento médico en realidad sí despertó mi curiosidad. Podríamos tener el avance médico más importante de la década. Estudiaríamos su anatomía en vida para enfocarnos en su dolor físico. Aunque nunca la escuché quejarse, tenía que sentir mucho dolor. La grabé para comparar su condición con las fotos que se le tomarían en un futuro: cuando falleciera.

"Hablamos sobre su estilo de vida, lo que comía; sobre cuáles medicamentos y por cuánto tiempo los ingirió. Claro, en medio del proceso tuve dudas, me preocupó su amistad con los estudiantes, yo sabía que los manipulaba. Si recuerdan, nunca puse en las fotos los nombres de los donantes para evitar cualquier tipo de cercanía. La relación con los pacientes no debe trascender lo personal, aunque también hubiese sido una buena oportunidad para observar a los estudiantes con el tema de la muerte de alguien que conocían".

—¿Entonces, luego de la discusión, llegaron a un acuerdo? —preguntó la doctora casi levantándose de la silla.

—Ya hablé de su persistencia. No solo era a mí a quien contaba la situación de Puerto Rico, sino que instigó a mis estudiantes, sin importar su nacionalidad, a que supieran de la Isla. Parecía una broma, todos los días me preguntaban si ya había un gobernador, que si ya habíamos sacado a la junta, que si no era un perseguido político, y sobre todo, por qué había abandonado mi país. También supe que ayudó a una estudiante con el pago de la matrícula, más bien, a cuatro, a los que apodó *Team* Josefa. Sé que los viernes cenaban en su casa. Incluso le comenté a Walter el dilema, pero él me dejó claro que necesitábamos más tiempo con ella y que el proyecto la mantenía viva.

—Doctor Sotomayor, ¿alguna de las dos instituciones firmó acuerdos con la señora? —continúa con el interrogatorio la mujer, mientras el que preside la vista golpea la mesa con su mano.

—No, no tuvimos tiempo, además, solo grabé las entrevistas y fue con su consentimiento —contesto.

La doctora intentó hacer otra pregunta, pero el presidente la detuvo:

—¡Doctora, por favor...!

—¿Hubo algún intercambio monetario entre usted y la anciana? —continuó él.

—No, conmigo no, pero no puedo asegurarle que no lo hubiera hecho con alguno de mis estudiantes.

—¿Conoció a algún familiar?

—No, bueno, al nieto. Entiendo que llegó a residir con ella luego del huracán María. Algunas mañanas lo llevó a la oficina, de camino a Oftalmología, y en una conversación me comentó que su esposo fue un importante doctor judío, pero que falleció hace años. —Todos vuelven a mirar al director de oftalmología como persiguiendo la pelota en un partido de tenis de mesa.

—Sí, es mi paciente, es un joven ciego —aseguró el oftalmólogo—, tambien comenzó en terapias experimentales, con el consentimiento de ella, que es su tutora legal.

Traté de regresar la atención a mí, era mi vista; permitir el testimonio del oftalmólogo podía cambiar el caso a su favor.

—¿Cómo una anciana pudo enredarlos a todos? ¿Dónde va a quedar el prestigio de este hospital? —reaccionó la doctora.

—Doctor presidente —interrumpí—, Josefa solo pidió excentricidades, que más bien tenían que ver con sus exequias —el presidente se quedó pensando por unos segundos, miró al oftalmólogo y a la doctora, pero regresó a mí.

—¿A qué se refiere con excentricidades?

—Lo primero que quiso saber, en caso de que aceptara su propuesta, era su rol en el proyecto mientras estuviera con vida, pero tenía aún más interés en el proceso después de fallecida. Quería ver el congelador. Claro, me tomó por sorpresa, pero en realidad no vi ningún problema y se lo mostré. Luego insistió en que la metiera en la nevera, le dije que la temperatura era muy baja. Sacó del bolso, que colgaba en el espaldar de la silla de ruedas, un oso de peluche. Pensé que era del nieto, pero me dijo que no, que era para que los niños se acercaran, la silla con ruedas los impresionaba. Luego tomó la manta azul que siempre tenía sobre los muslos y se arropó hasta el cuello.

—Vamos, estoy lista —dijo.

—No, no lo voy a hacer, el frío le puede causar pulmonía —le advertí.

—Vamos, levánteme. Si no me ayuda usted, alguien lo hará, ¿no es usted a quien le gustaría entender la muerte? Muerta no le podré decir.

Sabía que podía convencer a alguien en su *Team* mientras yo no estuviera. Era tanta su terquedad que no tenía escrúpulos. Le hice señas a Walter para que me ayudara a ponerla sobre una de las mesas y la entráramos.

—Vas a tronchar la carrera de algunos en este Hospital —le dije.

—Yo adoro a estos muchachos; al contrario, yo les enseñaré lo que usted no ha sido capaz.

Josefa tenía el rostro rosado cuando la sacamos, se reía y aplaudía como una niña que acababa de cometer una travesura, pero aún quería más.

—Queridos —nos dijo—, quiero que, cuando llegue mi tiempo, me pongan en las manos una rama de flamboyán seca que está en la mochila.

—Josefa, sabe que las flores y semillas están prohibidas en el Hospital, usted solo tiene un permiso especial para venderlas en la Universidad.

—¡Ay!, es que la traigo desde niña.

—No se preocupe, Fefa, que yo le pinto el flamboyán en la lápida —le aseguró Walter.

—Gracias, mi'jo. Pero no me dejes ahí tirá. Mira que a este no le importan los muertos. De vez, ¿tú crees que puedas sonar en tu teléfono la canción de Miguel Hernández, *Poesía para la libertad*?

—No veo ningún problema.

—Pues me la pones mientras me picas, y cuando me entierres, "Verde Luz", pero cantá por el Topo —lo dijo como quien relata un chiste.

—Doctor Sotomayor, no nos interesa el sentimentalismo. Señora secretaria, por favor, no transcriba esta parte —recalcó el presidente de la Junta y rápido se dirigió a mí—. ¿Qué pasó luego?, lo concerniente al hospital.

Me qudé pensativo, antes de contestar.

—A los varios días me enteré por Walter que Josefa tenía reuniones con el director de Oftalmología. Lo atribuí a visitas de seguimiento de su nieto. Ya para ese trimestre, estaba más preocupado por los fondos. Era imposible volver a reunir un grupo de estudiantes tan dedicados. Entonces decidí citarlos para informales que teníamos un mes para concluir, a menos que pudiéramos identificar alguna ayuda. Habíamos comenzado la redacción del informe final para la compañía japonesa. Ordené a los muchachos que se dieran prisa con los cadáveres y no aceptáramos más.

"Walter me recordó que no quedaban bolsas *Post Mortem* y tampoco presupuesto. Pensé en pedirle al hospital que nos donaran las cinco bolsas, pero alguien del grupo mencionó que las vendían por Amazon en veinte dólares. Una de las jóvenes del *Team* Fefa me sugirió que hablara con la anciana. ¿Para qué...?, pregunté. *Ella le podría aportar el dinero*, me dijo. ¿Por qué se lo pediría?, *porque consiguió un presupuesto bastante grande de la Revista Nacional*. La información me tomó por sorpresa y le cuestioné para qué era el presupuesto. Ahí me dijo que Josefa había vendido su historia, y que también la universidad le había cedido un terreno. Estaba tan enfadado que recuerdo vívidamente la conversación.

—Un terreno... ¿Para qué?

—*Para construir un jardín memorial, dice que no es cristiano dejar las osamentas en bolsitas.*

—¿De dónde sacas la información?

—*Acompañé a Josefa a las reuniones. Le va a dar una entrevista exclusiva a la revista a cambio de dinero, y parece que a la Universidad le dio cargo de conciencia dejar las osamentas en los congeladores.*

"Como ven, los estudiantes siempre estuvieron más informados que yo... Pero también tengo que decir que todos hicieron el mejor de los trabajos.

—Vamos a dejarlo aquí. Tomemos un receso de media hora y cuando regresemos, veremos si nos da tiempo para escuchar las declaraciones del Departamento de Oftalmología —advirtió el presidente de la junta.

Tardé unos minutos en levantarme. Sentí coraje al recordar las palabras de mi estudiante y de no haber tomado acción. Josefa era católica, así que entendí las razones por las que quería enterrar los remanentes de los cuerpos. Tampoco dudé que hubiera gestionado su tumba, pero ¿por qué no me habló de las negociaciones? Debí suponer que no confiaba en mí y que tenía otro plan.

Salí y me acerqué a la mesa improvisada donde habían dispuesto café y pastelitos. Me tomó un momento decidir si quería de aquella agua turbia, pero al servirla y ver el fondo de la taza de cartón, la tiré. Nadie se acercó, solo los guardias se quedaron pendientes. Era insólito pensar que ya no podía caminar libre por el hospital. Miré el celular para ver los correos electrónicos, pero, de nuevo, solo tenía el ensayo médico que había leído la noche anterior.

La secretaria nos dejó saber que el receso había concluido.

—Segunda sesión en el caso de "The Visible Human Project".

El presidente comenzó a repetir toda la burocracia parlamentaria antes de preguntarme:

—Doctor Sotomayor, ¿cuándo fue la última vez que vio a la señora Fornes?

—Cuando estuvo internada con pulmonía.

—¿Y qué pasó entonces, tenía su departamento algún protocolo establecido?

—No, estaba en proceso. Solo conservo la autorización para reclamar su cadáver.

—¿Qué sucedió cuando llegó a la habitación?

—Me enteré de su hospitalización por Walter, que me buscó en la morgue. Fuimos de inmediato al cuarto. En el camino le pregunté si sabía por qué no estaba en intensivo, pero él se acababa de enterar. Al entrar en la habitación, me enfurecí al ver la cantidad de personas que estaban allí. Pensé en llamar a seguridad. ¿Cómo era posible que los fotógrafos de la revista ya tuvieran instalado un estudio? Las luces eran más potentes que las de las salas de operaciones. Habían comenzado a grabar y nadie la atendía. Allí también estaba mi estudiante, la que le sirvió de lazarillo, y el doctor Smithman, que en ese instante conversaba con su paciente, el nieto de Josefa.

"El parpadeo de los números digitales indicaba que Josefa tenía la presión sanguínea baja. Pasé por el frente de mi estudiante que dormía en una butaca. Me acerqué a la cama. Aparté la frazada para tomarle el pulso. Palpitaba débil. Miré al doctor Smithman porque todavía no sabía lo que hacía allí. Le indiqué a Walter que anunciara el código amarillo porque había que intubarla y que, de vez, acompañara al nieto fuera de la habitación. El oftalmólogo detuvo a Walter por el brazo cuando trató de sacar al joven. Ahí me percaté, por la pulsera de admisión, de que el nieto también estaba hospitalizado. Se abrió la puerta y dos enfermeros vestidos con batas quirúrgicas entraron empujando una camilla.

—¿Qué pasa? —pregunté.

—Nos llevamos a la paciente para el quirófano —dijo uno de los enfermeros.

—¿Para qué?

—Vamos a hacerle un trasplante de órgano —replicó Smithman.

—¿De qué hablas? ¡No resiste una cirugía, se va a morir!

—Los ojos. Nos donó su cuerpo para un trasplante.

—¿Los ojos? —exclamé alterado—. ¡Pero está viva, no pueden! Además, su cuerpo es mío.

—Lo siento, Sotomayor, tengo en mi escritorio su consentimiento legal —confirmó el oftalmólogo.

—No puede ser..., ¡yo tengo los documentos de LifeLink! —respondo con autoridad.

—El consentimiento que usted tiene es anterior, no haga las cosas más difíciles —me contesta Smithman alterado.

—¡Imposible, no se lo voy a permitir! —de inmediato me dirigí a Walter, y le pedí que consiguiera el teléfono del departamento legal del hospital.

Entonces escuché la voz de mi estudiante que, hasta entonces, había permanecido en silencio:

—Profesor, Josefa le dejó una carta".

—Muchas gracias, doctor, por su declaración. Nos tomará varios días preparar el informe con nuestros hallazgos y recomendaciones. Entiendo que los abogados de la institución se estarán comunicando con usted. Le sugiero que busque asesoría legal en caso de que la necesite —me informa el ejecutivo encargado de la vista.

—Disculpe, presidente, y perdone —interrumpo.

—Diga.

—Quisiera que alguien me contestara, ¿en dónde está y cómo se encuentra el nieto de Josefa?

—No podemos divulgar esa información —me contesta.

El compañero oftalmólogo se levanta molesto y empuja su silla, que hace un estruendo al caer en el piso.

—¡Sigue aquí, internado, bajo la tutela de la corte y del hospital, por su culpa!

—¿Y Josefa? —le pregunto alarmado.

—¡En soporte de vida por un coma inducido! —responde Smithman.

EL GATO DE CRISTAL
Lynette Mabel Pérez

A veces anoto mis sueños en un cuaderno: un cuaderno de sueños. Hay pensamientos que flotan en una oscura bruma y también grandes espacios en blanco con líneas azules, como las páginas de una libreta, como el lienzo del cielo familiar de mi patria, pero también hay lugares desasosegantes en la mente, que llamaron la atención de cerebros privilegiados como los de Jung y Freud. Deseaba ver cómo el hombre del cristal me miraba a través de él. Me apetecía pedirle que se fuera de una vez. Fue un misterioso impulso el que me movió a acercarme al cristal. Traté de abrirlo, pero se rajó en dos, se abrió como una persiana antigua. Era un escaparate que daba a las puertas del infierno. Ábrete sésamo, susurré.

Los sueños no son otra cosa que recuerdos de cosas que no fueron, que no pudieron ser. Los recuerdos son como canciones, cada uno tiene una tonada diferente. Son vivencias pasadas que se miran con otros ojos, sobre una almohada, en un país extraño, cuando haces el viaje sin retorno a otras tierras, sea este literal o simbólico. Parecen más felices los lugares, la nostalgia todo lo viste de colores imposibles, pero a veces los sueños son proyectados oscuramente, entonces se vuelven pesadillas. ¿Pero qué son las pesadillas sino sueños mutilados?

Pude divisar un pálido pie, un pie de íncubo. Parálisis del sueño le dicen. Hay quienes le temen. El íncubo hizo resbalar su lengua en una caricia húmeda. Él me concedía mi deseo más oscuro. Mi lengua lamía el cristal roto, cortando y cortándose. Cerré los ojos y me perdí en aquel deseo incontrolable de sentir dolor. Mi cuerpo estaba poseído por el espíritu viviente de aquel diablo. Estaba mojado, empapado, pleno.

A veces aparecen en los sueños aquellos que han partido, pero que realmente no se han ido. Tantas amistades que me comentan que sus muertos están en esa bruma, que les hablan en sus sueños. Vemos las paredes, pero tienen nuevos colores, colores desconocidos como los vientos de un ciclón, como la nostalgia. Los objetos se volvieron cadáveres o los cadáveres se volvieron cosas o números (somos números en el nuevo hogar, en el nuevo país, pero también en las cifras del gobierno) *como si la pena igualara objetos, personas, plantas y animales. Como si la tristeza cubriera los bordes de todo. Hay dimensiones de mí misma que no regresarán jamás. Deseo llevarme un buen trozo de mí para que me consuele en las noches, pero siento que vuelvo a perderme de nuevo al despertar. Somos cosas que no están enteras. Sonrío y le regalo al ente que me abraza la primera cosa muerta que encuentro… y resulta que soy yo.*

Abro los ojos para darme cuenta de que unos extasiados ojos de gato me miran. Su lengua está pegada a mi cara, maldito gato, rompió el cristal de la ventana y ahora lame mi cara. La próxima la compro de otro material, uno resistente a gatos.

EL BANCO
Lynette Mabel Pérez

Llevaba más de seis años ayudando a mi madre, el tiempo suficiente
para que la diaria repetición de las tareas me endureciera las manos.
Algunas veces me frotaba con crema de coco para evocar o, mejor
dicho, imaginar la suavidad entre los dedos. No recordaba un solo día
en que no hubiera barrido, mapeado y limpiado los pisos de ese lugar
y luego del arduo día, me sentaba en ese banco que miraba al oeste.
Era el momento de las meditaciones. El trabajo había aumentado
en los últimos meses, con la experiencia de los años y mi juventud,
no me costaba mucho esfuerzo, pero mi madre parecía marchitarse
lentamente. Debíamos dejar los pisos sin mancha alguna. Ese día
acudí temprano a la tienda, con mi mochila al hombro y el uniforme
puesto, planeaba cambiarme. Llevaba en el bulto una muda holgada
y cómoda. Todo debía quedar limpio para la Nochebuena. Pensaba
en la cena familiar y en el merecido descanso que estaba dando a
mi madre, al asear los pisos yo sola. Tantos años lejos de su tierra.
Pronto volvería. Volveríamos. Solo un poco más. Faltaba poco. Entré,
el lugar estaba silencioso. Me dirigí al baño a vestirme. Oí un ruido.
Parece que después de todo, el patrón estaba en la tienda. Se acercó
y se colocó tras de mí. La soledad le brindó la confianza necesaria
para rozar con sus delgados dedos mi cuerpo. Un grito se atoró en
mi garganta. Corrí a la cocina… fue puro instinto. Han transcurrido

ya algunas horas desde que me senté en el banco. Muchas cosas han pasado, buenas y malas. Todavía tengo en la mano el cuchillo con el que lo maté. Se oyen sirenas. Un policía empieza a retirarlo de mi mano… y yo solo puedo pensar que ya no volveremos a casa.

Agradecimiento al lector

Escribir es un ejercicio solitario. Sin embargo, el proceso narrativo queda inconcluso hasta que el texto es leído, internalizado y provoca un efecto en el lector, tal como lo anticipó Edgar Allan Poe. No es hasta entonces que el trabajo está concluido. Para el colectivo Vivir del Cuento, la experiencia más enriquecedora ha sido conocer a tantas personas que se han expuesto a nuestra literatura y vivir junto a ellos, a veces con sorpresa e incredulidad, el cariño que nos han mostrado con la creación de esculturas de plastilina, carteles, dibujos, experiencias narradas, entre otras. Para ti, que le das sentido a nuestros cuentos y a todo este ejercicio, va esta antología junto a nuestro cariño y gratitud.

Juan Félix Algarín Carmona
Isamari Castrodad
Shaira Lavender
Micaela Marcel
Héctor Morales-Rosado
Andrea O'Neill
Luccia Reverón
Sandra Santana

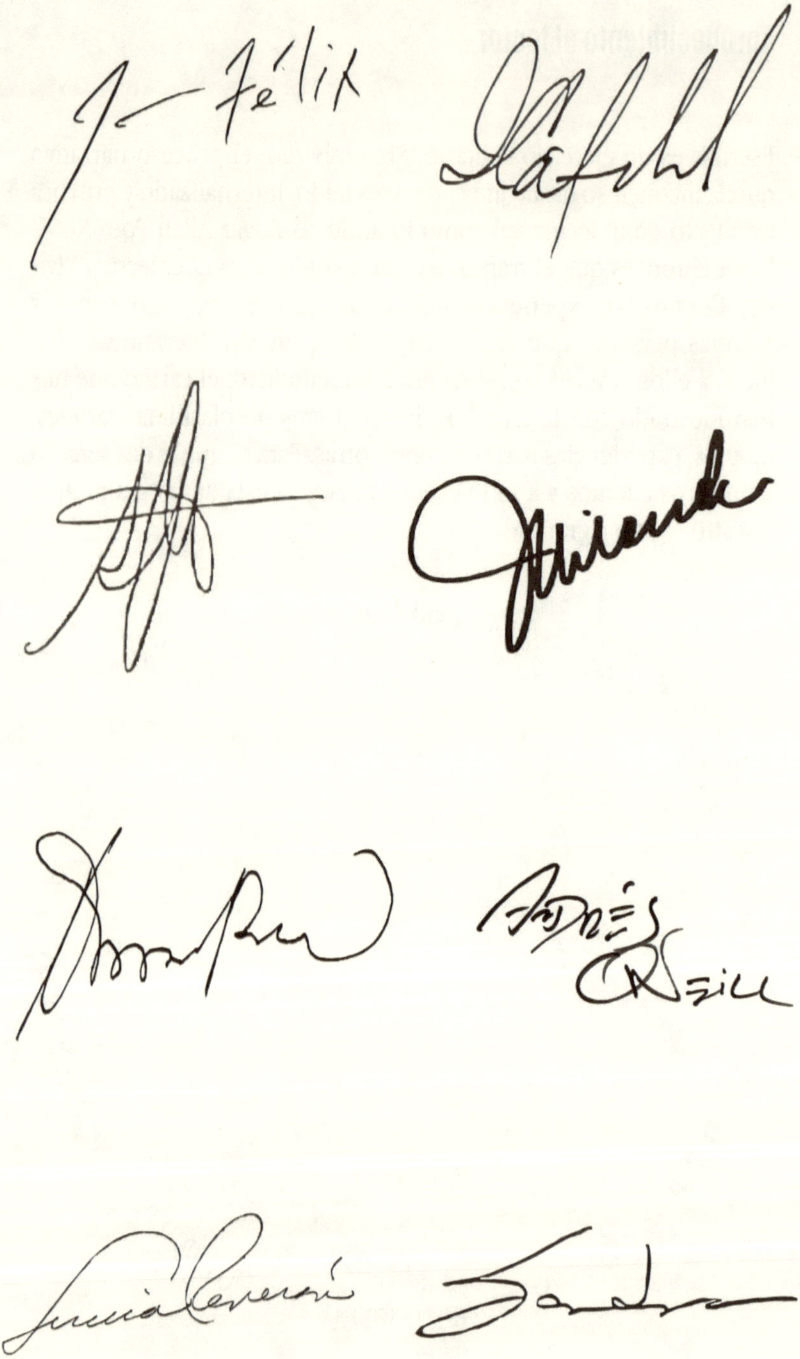
Félix

Índice

www.ingramcontent.com/pod-product-compliance
Lightning Source LLC
Chambersburg PA
CBHW031956010726
47493CB00007B/2222